U0052898

唐代詩歌與禪學

蕭麗華 著

現代佛學叢書
傅偉勳．楊惠南主編／東大圖書公司

國家圖書館出版品預行編目資料

唐代詩歌與禪學／蕭麗華著. --初版二刷
. --臺北市：東大：民89
面；　公分. --(現代佛學叢書)
參考書目：面
ISBN 957-19-2140-8 (精裝)
ISBN 957-19-2141-6 (平裝)

1.中國詩-歷史與批評-唐(618-907)
2.禪宗

821.84　　86009947

網際網路位址 http://www.sanmin.com.tw

© 唐代詩歌與禪學

著作人　蕭麗華
發行人　劉仲文
著作財產權人　東大圖書股份有限公司
臺北市復興北路三八六號
發行所　東大圖書股份有限公司
地　址／臺北市復興北路三八六號
郵　撥／〇一〇七一七五——〇號
印刷所　東大圖書股份有限公司
總經銷　三民書局股份有限公司
門市部　復北店／臺北市復興北路三八六號
重南店／臺北市重慶南路一段六十一號

初版一刷　中華民國八十六年九月
初版二刷　中華民國八十九年十月

編　號　E 22050
基本定價　叁　元
行政院新聞局登記證局版臺業字第〇一九七號

ISBN 957-19-2141-6 (平裝)

《現代佛學叢書》總序

本叢書因東大圖書公司董事長劉振強先生授意，由偉勳與惠南共同主編，負責策劃、邀稿與審訂。我們的籌劃旨趣，是在現代化佛教啟蒙教育的推進、佛教知識的普及化，以及現代化佛學研究水平的逐步提高。本叢書所收各書，可供一般讀者、佛教信徒、大小寺院、佛教研究所，以及各地學術機構與圖書館兼具可讀性與啟蒙性的基本佛學閱讀材料。

本叢書分為兩大類。第一類包括佛經入門、佛教常識、現代佛教、古今重要佛教人物等項，乃係專為一般讀者與佛教信徒設計的普及性啟蒙用書，內容力求平易而有風趣，並以淺顯通順的現代白話文體表達。第二類較具學術性分量，除一般讀者之外亦可提供各地學術機構或佛教研究所適宜有益的現代式佛學教材。計畫中的第二類用書，包括(1)經論研究或現代譯注，(2)專題、專論、專科研究，(3)佛教語文研究，(4)歷史研究，(5)外國佛學名著譯介，(6)外國佛學研究論著評介，(7)學術會議論文彙編等項，需有長時間逐步進行，配合普及性啟蒙教育的推廣工作。我們衷心盼望，關注現代化佛學研究與中國佛教未來發展的讀者與學者共同支持並協助本叢書的完成。

傅偉勳　楊惠南

曾序

記得民國七十五年，畢業於師大國文研究所的蕭麗華來報考臺大中文研究所博士班，我擔任口試委員，作她的主考。麗華的碩士論文是《論杜詩沉鬱頓挫之風格》，我非常欣賞她融通中西理論之長，作極為深入而全面的剖析和觀照，能言人所未言、發人所未發，認為她迥出流俗，是個極有智慧的人。

麗華考上臺大博士班後，選修我的課，也跟我作博士論文。我常向學生說，讀書做學問要立體而有機體，切忌單從平面入手；選擇論文題目要人棄我取、我能人未能，或者人能我更能。其間道理雖非三言兩語所能說明，但也不難心領神會。麗華因此以元詩為論題，同時運用「文學美典」和「文化意涵」兩種解詩方式，對元代詩人與詩作作周延性的探討和多層面的研究，務使肌理交錯有致、血脈貫串流通，乃擷菁取華，以《元詩之社會性與藝術性》為題作成博士論文，深受考試委員的肯定和欣賞，認為是目前對元詩研究最完整而精深的著作。而我更知道其「開創」之艱難，實不下於「篳路藍縷，以啟山林。」但山林既闢，則繁花碩果豈不燦爛輝煌，奇禽異獸豈不優遊翱翔！

近年麗華的研究課題轉入唐詩、轉入禪學，更將唐詩與禪學合而為一，立其體而機其能，又別開境界，指出向上之路。首先以詩禪交涉對唐詩作總體的考索，繼而以「宴坐詩」為核心析論唐代詩人的禪意與禪境，然後以王維、白居易、僧齊己三家為盛、中、晚唐的代表，以見其「詩禪世界」的轉移。麗華雖然將這樣的研究內容分作六篇獨立的論文在學術會議或學報發表，但其旨趣實是首尾貫通，因此乃合為一書，總題為《唐代詩歌與禪學》。其書未出版，已受師長欣賞；相信出版後，讀者更將讚嘆有加。因為麗華做學問，既能不畏繁瑣檢證典籍，又能博觀約取融會通達，尤其其明慧了悟，已將詩情禪意融為一體，感人的力量自然深遠。

麗華在臺大任教已經五年，所授「詩選」課深得學生的喜愛。教學之餘，潛心研究，成績斐然可觀，我替她感到很高興。而我要嘮叨的是，不要忘記我掛在嘴邊的「人間愉快」，那就是耳之所聞、目之所遇都要欣欣然，如蹴開蓮花般的隨著步履而滋生。這樣的欣欣然也許有時困頓於你我他遇合之際，但明心淨性有如光影徘徊於澄潭的麗華，必能使紅塵萬丈而埃氛不染，豺狼滿道而驚懼不生；因為大千既已入毫髮，焉有不能消釋者；而其所餘者，但為現世之「愉快」而已。願以此與麗華共勉。

民國八十六年七月廿九日晨曾永義序於臺大長興街宿舍

自序

唐代是多元文化融合的時期，不論在思想、文學、藝術方面都有輝煌的成果。唐思想方面三教融匯，民族方面胡漢混血，對詩歌藝術應有很大影響。過去研究唐詩的學者，多側重詩歌本身的美感體式與美學範疇，略文化史上思想、社會、宗教等潛在因素，對詩歌美學與其背景不能提供全面的解釋。有些學者如嚴耕望、羅香林、陳寅恪等先生，雖然能以史證詩，詮解唐型文化與詩歌的關係，但詩歌本身的美學效果往往失落不彰。前者是「純文學美典」的，後者是「文化意涵」的，兩種解詩方式，一直是我研究唐詩時思考的兩大路徑。

早期我嘗試以純美學的路徑分析唐詩之「語言——意象——境界」，曾以〈論杜詩沉鬱頓挫之風格〉入手，用西方理論與傳統詩話作為詮解詩歌的重要依據，對文化思想與詩人生活背景全視為外緣。這種以純文學為主體的研究方式，匯通了中西文論，固然有助詩歌美典的呈現，但私心常惶恐於中西文化差異下理論認知的不足與削足適履的困局，因此希望能深入文化史料，以彌補自我的鄙陋。民國七十五年之後，我有幸在臺大讀書、任教，得到多位先生的啟發，特別感於曾師永義「人棄我取」的研究精神與羅師聯添不畏繁瑣、檢證典籍的工夫，更增強我以文化史證詩的信念。

中國文學的堂廡何其深廣，前人說文史哲不分家，在分科日細的今天，文史哲之間卻日漸壁壘分明，想要跨學門以文化意涵詮解詩歌，於我竟成漫漫長路。一個偶然的機緣，我從王維起疑，思考作品與思想、藝術與人格之間的即離關係，才發現借助禪學可以解釋學術範疇與人生思惟中某些不易解釋的問題。禪能予人寬廣的時空觀照，突破有限價值的束縛，禪之法性無常、因緣假合、空觀無我等觀念，可以助人進出真俗二諦的世界，看到許多現象的表裏內外，穿透時間過去、現在、未來的分際及世事正邪、是非、善惡的對立，予生命以新的視域(vision)。緣於禪的視野，我發現了唐詩中許多乏人問津的問題，也看到唐詩初、盛、中、晚四期中別有的洞天幽徑。

以禪證詩是我通向「以文化意涵詮解詩歌」的努力之一，這在唐以前或許有乞靈外道之嫌，唐以後卻是詩歌史上不容忽視的問題。禪學對詩歌的影響在唐宋間日趨深廣，成為文化史上不能或缺的一環。「以禪入詩」或「以禪喻詩」的詩學命題，也是詩歌史上自唐以降的一大重點。這幾年來，我集中在詩禪合轍的唐詩研究，初步完成六篇文章，收集在這本書中。首章〈論詩禪交涉——以唐詩為考索重心〉一文，從詩歌歷史考察詩禪交涉的起點、從詩禪共有的特質看詩禪匯通的基礎，以之觀察詩禪交涉在唐詩中展現的各個面向（本文原載於民國八十四年五月臺大《佛學研究中心學報》第一期）。第二章〈宴坐寂不動，大千入毫髮——唐人宴坐詩析論〉以「宴坐」禪法觀察唐詩，發現唐代在南北禪及大小乘禪法薰習下，有大量的宴坐之作，形成走向山林、開展超時空體驗的美感特質，在詩之語言、意象、境界乃至詩歌理論內涵上都有新的發展。（本文發表於民國八十六年三月「第三屆中國唐代文化學術研討會」）

以上兩章通論之後為唐詩分期觀察，盛唐詩中以王維號稱詩佛，最能看出詩禪合轍在盛唐詩人與作品上的痕跡，因此第三章〈論王維宦隱與大乘般若空性的關係〉便以大乘般若空性解釋王維宦隱思想的形成及其詩歌美學境界的表現（本文原載於民國八十三年六月《臺大中文學報》第六期）。然此文重心在宦隱文化的考索，詩歌美典的立論較少，故而第四章〈從禪悟的角度看王維自然詩中空寂的美感經驗〉一文，耑從詩歌美典入手，討論王維詩三種美感主調中「空寂」一類的美感，其實繽紛萬有，是佛教色空不二的美學效果（本文發表於民國八十四年五月淡江大學「第五屆文學與美學學術研討會」）。第五章以中唐白居易為重點，分析〈白居易詩中莊禪合論之底蘊〉，以突顯中唐南禪五家七派發展下，洪州禪一系對唐詩的影響。末章為晚唐範疇，以〈晚唐詩僧齊己的詩禪世界〉一文，觀察「詩僧」的形成及詩僧論詩對「以禪喻詩」的影響，同時也看出齊己本身從詩禪矛盾到詩禪同歸的生命進境（本文原載於民國八十六年五月臺大《佛學研究中心學報》第二期）。

我堅信所有的創作與研究，都企圖在整理人類舊有的經驗，並為生命找尋新的出路。因此，這本書的結集，與其說是研究論文集，不如說是我生命過往心路思索的痕跡。在學術與人生的道路上，我有幸得到曾永義老師的指導，引領我渡過許多學術困境與人生險灘；在禪學思想上，也幸得元智大學王立文教授與臺灣大學古清美教授指引堂奧，終能略有所見。在此要特別感謝臺灣大學釋恆清法師與楊惠南教授帶領的「佛學研究中心」，予我研究上增添不少助緣，這本書也因為楊惠南教授的鼓勵與支持才得以問世。本書若能有一、二新見，全是許多前輩學人的啟發，謹此獻給臺灣大學中文系所有孕育過我的老師，並祈各界鴻儒先達教正。

蕭麗華　謹識

民國八十六年八月於臺灣大學中文系

唐代詩歌與禪學

目　次

第六章　晚唐詩僧齊己的詩禪世界

第一章　論詩禪交涉——以唐詩為考索重心

一、前　言

自古印度吠陀時期的《奧義書》中可知印度是詩的民族，佛典許多文字明顯有詩的形態，而中國歷來也是以詩歌為主流。詩與禪之間在現實世界裡似乎注定有許多共通的特質。佛典初譯入中國的漢晉階段，詩體與音韻都起了變化、融合與反省，這是詩與禪在中國最初期的「交涉」❶，佛教三藏中豐富的詩篇在中國尋求出以「偈頌」❷的面貌出現，中國詩歌的句數篇幅乃至由抒情主體過渡到敘述與說理形態的變化，也正是詩禪之間相互影響、交匯、合流的痕跡，因此，

---

❶ 「交涉」一詞為哲學用語，意指兩大範疇之間交互的作用，本文使用這個詞彙的意義取義於石頭希遷對藥山惟儼禪師示道的一則公案。見《五燈會元》卷七〈藥山惟儼禪師〉一則：「石頭垂語曰：『言語動用沒交涉。』師曰：『非言語動用亦沒交涉。』」禪本非言語動用，本文強作詩禪交涉之論可見一斑。

❷ 佛典十二分教中，「祇夜」和「伽陀」都是韻文，「祇夜」又稱「重頌」，是散行經文之後，以韻文重複歌頌的部分，如《法華經》、《金剛經》中皆有。「伽陀」又稱「諷頌」，是一種獨立的韻文形式，如《維摩詰經》中的偈詩。二者在中國都稱之為「偈」或「偈頌」。偈頌在梵文原典裡都是正式的詩歌，譯入中國也不能不以詩歌體裁看待它。

我們可以說詩禪交涉是中國文化史上除「格義」之外，在佛教文化影響下的另一大問題。然而這個問題卻一直潛伏不彰，直到唐宋才蔚為大觀，引起廣泛的注意，尤以唐人「以禪入詩」及宋人「以禪喻詩」是禪學影響詩歌與詩學理論的兩大風潮，但這畢竟是以詩為本位的觀察方式，如果以禪為主體，仍可看出詩歌影響禪僧所呈顯的樂道詩與偈頌詩作。有關詩禪之間交互關涉的研究一直是較薄弱的一環，直到近年來才漸漸引起學者的注意，目前已有不少篇論著談論到詩禪之間的關係，可惜多為大陸學人之作❸，本文之所以贅添一筆，旨在喚起國內學界對此問題的注意，同時也對我自己近年來相關研究作一系統思索。

元遺山〈嵩和尚頌序〉云：「詩為禪客添花錦，禪是詩家切玉刀」，禪對中國古典詩歌不管在表現方法、理論系統與創作內容上都有極深的影響，禪對詩的發展提供了滋養、借鑒、啟發的積極功能，這是不能否認的。而詩對宣講不可言說的禪道，對僧人贊佛、護法、證樂的表達也提供適切的語

---

❸ 現有的詩禪相關論述除早期杜松柏氏著《禪學與唐宋詩學》（黎明文化事業公司，民六十五年版）、陳榮波〈禪與詩〉（《現代佛教雜誌》）及李立信〈論偈頌對我國詩歌所產生之影響〉（中央大學「文學與佛學關係研討會」） 外，坊間出現的專書及論文多為大陸學者之作，如賴永海《佛道詩禪》（中國青年出版社）、陳洪《佛教與中國古典文學》（天津人民出版社）、加地哲定《中國佛教文學》（今日中國出版社）、周裕鍇《中國禪宗與詩歌》（上海人民出版社）、李淼《禪宗與中國古代詩歌藝術》（麗文文化）、謝思煒《禪宗與中國文學》（中國社會科學院）、陳允吉《唐音佛教辨思錄》（上海古籍出版社）、張伯偉《禪與詩學》（浙江人民出版社）、孫昌武《詩與禪》（東大圖書公司）……等。

文形態，禪僧居士的樂道詩與偈頌詩增補了中國詩歌璀璨的扉頁，這點也不能淹沒，這都是本文希望表達的重心。

二、詩禪交涉的起點：從漢譯佛經說起

詩禪交涉應起於佛經翻譯與僧人文士往來這兩大歷史環境背景：

漢譯佛典的起始時間說法不一，袁宏《後漢紀》、范曄《後漢書》、費長房《歷代三寶紀》、志磐《佛祖統紀》、念常《佛祖歷代通載》均載中天竺沙門迦葉摩騰和竺法蘭共譯的《四十二章經》，孫昌武《佛教與中國文學》一書斷自安世高譯《明度五十校計經》，然爭議者仍多。比較可信且無爭議的應是漢桓帝初到中土的安息國人安世高所譯的三十九部佛經，及桓帝永康元年到洛陽的月支人支婁迦讖所譯的十四部佛經[4]，可見詩禪交涉在詩與偈之間，早於東漢時代已開始了相互的融通。

漢譯佛經的工作是艱巨的，影響的時間也是歷久綿遠的，從東漢至唐宋乃至元代都有典籍譯入中土。以元世祖至元廿四年最後一部經錄的統計，從東漢永平十一年到當時千餘年間，留存的佛典凡一六四四部，五五八六卷[5]，數量之龐大，歷時之久遠，影響之深廣應可推知一、二。

佛典一般指經、律、論三藏典籍，大部份是佛陀弟子們

---

[4] 參李立信〈論偈頌對我國詩歌所產生之影響〉一文，頁七、八所考，中央大學「文學與佛學關係研討會」論文。

[5] 見元・慶吉祥等編錄的《至元法寶勘同總錄》所載。

追溯師教結集記錄下來的佛陀教法。釋迦牟尼佛說法時善用比喻、詩偈、故事等不同方式，因此佛經充滿豐富的文學內容與表達效果。北傳佛教稱佛典為「十二分教」，就是這多元內涵的分類❻。其中與詩歌最有關係的是便於記憶和傳誦的韻文偈頌。《法句經》一類的經典就是以韻文的「說法警句」為首，再配以散文故事的行文方式。佛典中係有大量的這種韻散並行的體裁，其韻文部份可謂是翻譯詩。然而這些透過「筆受」❼的翻譯詩，其形式與美學範式和中國古典詩相去甚遠，我們一般只稱之為偈頌，未能以「詩」作品看待它，但是它採用中國詩歌形式與中國詩歌交涉及其原為詩歌的本質，卻是不可抹殺的❽。由於初期譯經，擔任筆受者不一定是文人，文學修養不一定足夠，偈詩或嫌質直，但後期譯經時多有文士潤文，如曇無讖譯經時曾有謝靈運參加，玄奘譯經有許敬宗、薛元超、李義府等人潤文，義淨譯經有李嶠、韋嗣立、盧藏用、張說等人潤文等等❾，詩與禪的交融

---

❻ 十二分教或稱十二部經，即契經、應頌、授記、諷頌、無問自說、因緣、譬喻、本事、本生、方廣、未曾有、論議。

❼ 初期佛經翻譯的譯師多為西域人或印度人，不嫻漢語，只能口述大意，由華人寫成經文，華人撰寫的職務名為「筆受」。

❽ 關於佛典中的「偈頌」與中國詩歌的差距，李立信〈論偈頌對我國詩歌所產生之影響〉一文頁二有詳細的比較。而佛典偈頌在形式、篇幅、內容上與中國詩歌的交互影響，李文頁九～二四也有詳細的析辨。李氏認為翻譯佛經中的偈頌不但採用當時詩壇流行的詩歌形式，而且篇幅較我國詩歌為長，內容也突破只重抒情傳統的形態，出現較多說理、勵志、告誡、敘事的偈頌。〈孔雀東南飛〉是中國詩歌吸取偈頌長篇形式及敘事內容之後推陳出新的第一首長詩。

❾ 參見《續高僧傳》卷五、《宋高僧傳》卷一、卷三等。

在佛經翻譯上確實提供了很好的機會。

據孫昌武《佛教與中國文學》所考，東漢雖已開始佛經翻譯，但東漢文人對佛典認識仍少，三國時，佛教與中國文化關係尚淺，晉以前漢人信佛仍受到種種限制與譖毀，文人接受佛教的契機起於晉代玄學，玄儒老莊與般若才開始匯通往來❿。西晉時竺法護譯經，譯文水準較高，原因之一就是得到聶承遠父子、諫士倫、孫伯虎、虞世雅等文士的協助，這是開名僧與文士往來風氣之先導的人士。後來竺叔蘭結交樂廣、支孝隆結交庾敳、阮瞻、謝鯤等，都表明僧人與文士往來風氣之增長⓫。

東晉時名僧與文士往來風氣大開，以晉初支遁與晉末慧遠為最。賴永海《佛道詩禪》便以支遁為詩人與名僧交游之先河⓬。支遁善文學，有詩才，與名士王洽、殷浩、許詢、孫綽、桓彥表、王敬之、何次道等人過從甚密，謝安、王羲之很推崇他。《世說新語》多次提到他。余嘉錫《世說新語箋疏》上卷下說：「支遁始有贊佛咏懷諸詩，慧遠有念佛三昧之句」。孫昌武《佛學與中國文學》肯定支遁對佛理引入詩文之開創有功⓭。我們在現存的支遁作品中仍可以看到他〈八關齋詩〉、〈詠懷詩〉等寓託佛理之作⓮。

---

❿ 參考孫昌武《佛教與中國文學》，頁六一、六二、六三，上海人民出版社，一九八八年版。

⓫ 同❿孫氏所考。

⓬ 賴永海《佛道詩禪》，頁一四三，中國青年出版社，一九九〇年版。

⓭ 同⓫，頁六六。

⓮ 逯欽立輯《先秦漢魏晉南北朝詩》晉詩卷二十載支遁詩十八首，主要表現佛理，亦雜以玄言，描述山水。木鐸出版社，民七十二年版，

詩人受佛理影響的創作方面，賴永海大膽推定以〈蘭亭詩〉為代表的玄言詩是東晉佛教般若學與玄學匯通的產物⓯。孫昌武也支持玄言詩與佛學的關係，並以劉孝標《世說新語・文學篇》註引用的《續晉陽秋》云：「(許）詢及太原孫綽轉相祖尚，又加以三世（因果三世）之辭，而詩、騷之體盡矣。」來肯定許、孫二人以佛入詩的事實⓰。也許玄言詩與佛理的關係並非必然存在，然而此期詩人有佛詩存在是可以肯定的，因為同時期的東晉詩人中，張翼有〈贈沙門竺法顗三首〉、〈答康僧淵詩〉等以禪入詩之作⓱，或可為東晉初年詩人禪理之作的證明。

東晉末年以慧遠為中心的詩禪交流就更為興盛了。慧遠算是比較自覺地以文學宣揚佛教的倡導人，有《念佛三昧詩集》之編撰⓲，其〈廬山東林雜詩〉云「一悟超三益」，明顯是一首宣揚佛理的作品⓳。同時期唱和的文士亦多詩禪之作，如劉程之〈奉和慧遠遊廬山詩〉、王喬之和張野也有同題唱和詩、王齊之有〈念佛三昧詩四首〉等等⓴。

詩禪交融在東晉初年確已開展創作之風，在東晉末年唱酬漸盛，至南北朝崇佛與詩學兩者兼盛，詩禪之間水乳交融，更加相得益彰。宋初謝靈運好佛，尤崇竺道生「頓悟成佛」

頁一〇七七～一〇八四。

⓯ 見賴永海《佛道詩禪》，頁一四三。

⓰ 見孫昌武《佛教與中國文學》，頁六七～六八。

⓱ 見《先秦漢魏晉南北朝詩》晉詩卷十二。

⓲ 《廣弘明集》卷三十上有慧遠〈念佛三昧詩集序〉。

⓳ 《先秦漢魏晉南北朝詩》晉詩卷二十。

⓴ 同上，晉詩卷十四。

之說，也巧妙入詩。〈從斤竹澗越嶺溪行〉一詩表達他對大自然的審美，使用了「悟」字：

> 猿鳴誠知曙，谷幽光未顯。……情用賞為美，事昧竟誰辨，觀此遺物慮，一悟得所遣。㉑

皎然《詩式》曾云：「康樂公早歲能文，性穎澈，及通內典，心地更精，故所作詩，發皆造極，得非空王之道助邪?」皎然肯定謝靈運在詩禪融合上的成功，我們由謝詩〈石壁立招提精舍〉、〈石壁精舍還湖中作〉等（同㉑），也可以看出山水詩得空王之助的澄迥境界。

謝靈運之外，晉南北朝詩人如顏延之、沈約、梁武帝蕭衍、徐陵、江總等人都有禮佛讚佛，以禪入詩的作品。方外詩僧如康僧淵、佛圖澄、鳩摩羅什、釋道安、竺僧度、竺法崇等等，現今也都有詩作留存。可見詩禪交涉早在唐人「以禪入詩」，宋人「以禪論詩」之前，其實已充份發展，其後因應唐詩成熟變革，才突顯融合的意義。

三、詩禪交涉的基礎：詩道與禪道的匯通

詩與禪之所以能互相融通，主要因其有相似的某些特質。有關這方面論者極多。胡曉明《中國詩學之精神》認為：「詩禪溝通之實質，一言以蔽之曰：將經驗之世界轉化而為心靈

㉑ 同上，宋詩卷二、卷三。

之世界。」[22]周裕鍇《中國禪宗與詩歌》認為：「詩和禪在價值取向、情感特徵、思維方式和語言表現等各方面有著極微妙的聯繫，並表現出驚人的相似性。」 即「價值取向之非功利性」、「思維方式之非分析性」、「語言表達之非邏輯性」及「情感特徵表現主觀心性」[23]等。孫昌武《詩與禪》認為：「禪宗的發展，正越來越剝落宗教觀念而肯定個人的主觀心性，越來越否定修持工夫而肯定現實生活。而心性的抒發、生活的表現正是詩的任務。這樣詩與禪就相溝通了。」[24]袁行霈〈詩與禪〉一文指出：「詩和禪都需敏銳的內心體驗，都重視啟示和象喻，都追求言外之意，這使它們有互相溝通的可能。」[25]杜松柏氏認為詩禪所以能融合是因為：一、時代背景提供融合的機會。二、禪祖師以詩寓禪形成風氣。三、禪宗基於民族習於簡易的特性，故以詩寓禪。四、繞路說禪的需要，故以詩寓禪[26]。

以上諸說各有所重，綜合起來已可看出詩禪溝通的各項特質。本文專從詩的本質與禪的本質來看其融通的基礎。

詩的本質是以精神主體為主的，詩是情志的詠歎與抒發透過韻律化的語言而成。《尚書・堯典》云：「詩言志，歌永言，聲依永，律和聲。」〈毛詩序〉也說：「詩者志之所之也，

---

[22] 胡曉明《中國詩學之精神》，頁五七～五八，江西人民出版社，一九九三年二版。

[23] 周裕鍇《中國禪宗與詩歌》，頁二九七～三一九，上海人民出版社，一九九二年二版。

[24] 孫昌武《詩與禪》，頁四四，東大圖書公司，民八十三年版。

[25] 袁氏此文收於《佛教與中國文化》，《國文天地》民七十七年版。

[26] 見杜松柏〈唐詩中的禪趣〉，《國文天地》七卷二期。

在心為志，發言為詩。」[27]吳戰壘《中國詩學》說：「詩從本質上說是抒情的，抒情詩的產生是人意識到自己與外在世界的對立，獨立反省的意識，一面通過意識的反光鏡認識世界，一面又從反射到心靈的世界圖像中省視內心的秘密。」吳氏並引黑格爾之說：「(詩）是精神的無限領域」，它關心的是「精神方面的旨趣」[28]。由此可知詩是著重心靈主體與精神世界的一種文學。

禪在本質上也屬精神內在領域的。「禪」一字可作多層意涵了解，就宗教發展與演變來看，禪可泛指佛家，也可特指禪宗，就修為內涵與方法來看，禪可指覺性（佛性）、禪那（靜慮）、或禪定（三摩地）。達摩《血脈論》云：

> 佛是西國語，此土云覺性。覺者，靈覺。應機接物，揚眉瞬目，運手動足，皆是自己靈覺之性。性即是心，心即是佛，佛即是道，道即是禪，禪之一字，非凡聖所測。

《慧苑音義》卷上云：

> 禪那，此云靜慮，謂靜心思慮也。

簡言之，禪原是禪那 (Dhyana)，起源於古印度瑜伽，後為佛教吸收發展，成為「思維修」，是修證覺性的方法，也就是戒定慧三學中的定學，六波羅蜜中的禪定。東漢安世高所譯

---

[27] 見郭紹虞《歷代文論選》上冊，頁三六，木鐸出版社，民七十一年版。

[28] 見吳戰壘《中國詩學》，頁九～一〇，五南出版社，民八十二年版。

的《安般守意經》屬小乘禪法，專主習禪入定（三摩地，Samadhi)，發展至大乘禪以菩薩行為主，我們統稱之為佛教禪門。禪宗興起後，禪特指不立文字，直指本心的「心地法門」，禪宗稱之為「本地風光」「本來面目」，是人正心正念下的清明自性。北禪神秀系主「住心看淨」，南禪慧能系主「定慧等持」「即心是佛」。不管各宗各派法門如何，禪是中國佛教基本精神㉙，是心靈主體的超越解脫，是物我合一的方法與境界，與詩歌的本質是可以相匯通的。

此外禪的不可言說性與詩的含蓄象徵性，也是詩禪可以相互借鑑的重要因素。禪是心性體悟上實修的功夫，不是言語現實可以表達的。特別是禪宗，號稱「不立文字」，實因其超越語言概念和理性邏輯之故。所謂「說似一物則不中」「直是開口不得」(《古尊宿語錄》卷四)，就是因為實相真諦之不可言說性。因此世尊靈山會上拈花示眾，摩訶迦葉可以會心，後世宗徒，借教悟宗只好透過象徵、譬喻、暗示的直觀方法來提撕。

詩的表達也需注意「含蓄不露」的特質。司空圖《詩品》所謂「不著一字，盡得風流。」(卷二「含蓄」品）嚴羽《滄浪詩話》所謂「不涉理路，不落言詮」(卷三)，姜白石《白石詩說》所謂「語貴含蓄。東坡云：言有盡而意無窮者，天下之至言也。」(卷三）楊仲弘《詩法家數》所謂「詩有內外意，內意欲盡其理，外意欲盡其象，內外意含蓄方妙。」(卷十三)凡此可以看出詩與語言文字之間不即不離的特性與禪相似。

㉙ 參看太虛大師〈中國佛學特質在禪〉一文，收於《禪學論文集》，現代佛教學術叢刊二，大乘文化出版社，民六十五年版。

這是禪悟與詩法起了匯通作用的基礎。

四、唐代詩禪交涉之一斑

唐代是詩歌與佛教新變繁榮的時代。詩在六朝的發展下至唐代成熟而諸體均備，禪在各宗衍化下至唐代禪宗興盛一花五葉，使此時期的佛教與詩歌有新的融合，高僧與文士有密切來往的關係。就禪僧方面來看，從晉代支遁、慧遠的禪理詩開始，至唐代形成詩僧輩出的現象；由佛經翻譯的偈頌到禪師頌古、示道的禪詩，以詩寓禪在唐代有了大步的發展。就文士方面來看，文人禮佛與方外僧徒過往頻仍；詩作中多涉禪語、用禪典、示禪機，以禪入詩進而以禪喻詩等，也顯見唐詩在詩歌創作與理論上的新發展。

袁行霈〈詩與禪〉一文認為：「詩和禪的溝通表面看來似乎是雙向的，其實主要是禪對詩的單向滲透。」[30]然而由上所述，詩之象徵性有助示禪，多為禪師引借運用；禪之內涵可以開拓詩境，增補詩歌內涵與理論，已是唐人普遍的現象，因此論詩禪交涉仍應客觀地雙向討論。本節擬以唐代詩壇四大重點為論，以見詩禪交涉之一斑。

(一)文士習禪之風潮

佛教自東漢傳入中國後，至唐代的幾百年間，充份與中國儒道融合，成為中國文化的一部份。唐世佛教之盛，宗派

---

[30] 袁文收於《佛教與中國文化》，頁八三，《國文天地》民七十七年版。

之多，佛典繁浩，僧侶無數，已是唐代士人生活中普遍存在的事實。早在初唐，宋之問貶衡陽就曾到韶州參謁六祖慧能，有〈自衡陽至韶州謁能禪師〉一詩㉛。盛唐王維號稱「詩佛」，中歲好佛，宴坐蔬食，有〈能禪師碑〉一文，為研究慧能重要史料㉜。裴休一生奉佛，公餘之暇與僧人講論佛理，曾迎黃檗希運禪師至州治的龍興寺，有〈筠州黃檗山斷際禪師傳心法要〉一文㉝。即使以道、儒著稱的詩人李白、杜甫，也有習禪之舉。李白有〈答湖州迦葉司馬問白何人也〉一詩云：

青蓮居士謫仙人，酒肆藏名三十春。
湖州司馬何須問，金粟如來是後身。

此詩雖為戲言，對湖州司馬名迦葉的調侃，但自許青蓮居士，用金粟如來維摩詰居士之典，也可以看出他受過佛教薰息。又如李白〈廬山東林寺夜懷〉一詩云：

我尋青蓮宇，獨往謝城闕，霜清東林鐘，
水白虎溪月，天香生虛空，天樂鳴不歇，
宴坐寂不動，大千入毫髮，湛然冥真心，
曠劫斷出沒。

㉛ 見《全唐詩》卷五一。
㉜ 見《全唐詩》卷一二八。
㉝ 見《冊府元龜》卷九二七總錄部・佞佛。

此詩《唐宋詩醇》卷八指為描寫寂靜勝境之佳作㉞，除圓熟運用佛典外，李白對佛理的認識應為不淺。李白集中涉禪之作不在少數，〈贈宣州靈源寺仲濬公〉云：「觀心同水月，解領得明珠」、〈同族侄評事黯游昌禪師山池二首〉云：「花將色不染，水與心俱閑，一坐度小劫，觀空天地間」，都是禪語禪機之作。杜甫對佛教的領會早已有學者論及㉟，他在天寶十四載所作的〈夜聽許十一誦詩〉曾云：「余亦師粲、可，心猶縛禪寂。」晚年〈秋日夔府詠懷〉又云：「心許雙峰寺，門求七祖禪。」七祖指的是北宋普寂，可見杜甫對佛教心嚮往之。至如中晚唐，元、白、韓、柳、劉禹錫、姚合、李商隱、溫庭筠，沒有不涉及禪學的。即使以斥佛老為己任的韓愈，在交游方面也有不少僧友，如景常、元惠、文暢、廣宣、高閑等等，但晚年與大顛和尚往來，〈與大顛書〉云：「所示廣大深迴，非造次可喻」㊱，顯然也有對佛理肯定的時候。柳宗元中年親佛，〈送選人赴中丞叔父召序〉卻自云：「自幼學佛，求其道，積三十年」，與石頭希遷、馬祖道一弟子往來有年，〈送僧浩初序〉是他與韓愈論佛，捨世道求浮圖的宣言㊲。

㉞ 關於白氏佛教修養，日人平野顯照《唐代的文學與佛教》有詳細的考察，本文所述轉引自該書頁一四八，業強出版社，民七十六年版。

㉟ 王熙元〈杜甫的佛教思想〉發表於《中國學術年刊》第一期。

㊱ 見郭紹林《唐代士大夫與佛教》一書，頁二三所考，河南大學出版社，一九八七年版。關於韓愈與大顛和尚往來，考論者極多，雖不能以韓愈信佛為論，但不能否定韓亦涉佛學。

㊲ 有關柳宗元與佛教的關係，研究者頗多，如郭紹林《唐代士大夫與佛教》、孫昌武〈論柳宗元的禪宗思想〉（收於《詩與禪》）、方介〈柳宗元思想研究〉臺大民六十八年碩士論文等等。

劉禹錫早歲曾拜名僧皎然和靈澈為師，中歲與僧元暠、浩初、惟良等往來，現存《劉賓客文集》中至少有與僧人往來詩廿餘首[38]。白居易對佛教的濡染既多且雜，他自稱「栖心釋氏，通學小中大乘法。」（〈醉吟先生傳〉）孫昌武考察南宗馬祖道一系的「洪州禪」對他影響尤深[39]。此外，陳允吉有〈李賀與楞伽經〉、平野顯照有〈李商隱的文學與佛教〉[40]，都可以看出中晚唐詩人與佛學的關係。何林天〈唐詩的繁榮與佛學思想對唐代文學的影響〉一文指出：「初唐四傑中的王勃精通佛典，……楊炯寫過〈盂蘭盆賦〉。……梁肅是天台宗義學大師。王維是禪宗神會禪師的弟子。……杜甫的主導思想是儒，但也摻雜了佛道思想。……白居易晚年是香山居士，中晚唐的許多文人是披著袈裟的文人。……韋應物任蘇州刺史時，日常生活是焚香、掃地而坐，與皎然唱和為友。劉禹錫信仰禪宗。賈島本來是僧人，名無本，後來還俗。李商隱的詩中大量引用佛典。……」[41]這段文字正好可以鳥瞰唐代詩壇，見詩人習禪的普遍性。

---

[38] 見楊鴻雁〈劉禹錫與佛教〉一文，《貴州大學學報》一九九二年第二期。

[39] 有關白居易與佛教研究者亦多，如謝思煒《禪宗與中國文學》列「白居易與通俗文學」專章，中國社會科學院，一九九三年版。孫昌武〈白居易與洪州禪〉收於《詩與禪》中。平野顯照《唐代的文學與佛教》亦列專章考察白居易的佛教文學。

[40] 見陳允吉《唐音佛教辨思錄》，上海古籍出版社，一九八八年版，及平野顯照《唐代的文學與佛教》，業強出版社，民七十六年版。

[41] 見《山西師大學報》第二三卷第二期。有關唐代文人習禪風氣，孫昌武《詩與禪》中亦有專文。

㈡以禪入詩之實踐

由於唐代文士普遍有習禪風氣，因此以禪語、禪跡、禪典入詩的情況相當多，這種以禪學內涵或語言入詩的情形，後人統稱之為以禪入詩[42]。

唐代以禪入詩的作品無法勝數，我們只能簡分用禪語、寫禪趣兩方面略略考察之。

《本事詩》中有一則故事，記載白居易為蘇州刺史時，張祜來訪，白居易一見面突然說：「久欽籍，嘗記得君款頭詩」，張祜不解，白居易又說：「『鴛鴦鈿帶拋何處，孔雀羅衫付阿誰?』非款頭何邪?」張祜笑了笑說：「祜亦嘗記得舍人目連變。……『上窮碧落下黃泉，兩處茫茫皆不見』，非目連變何邪?」[43]從這幾句玩笑對答中我們可以看出白居易〈長恨歌〉援自目連變的文字，張祜若非熟諳佛典資料，也不見得指陳得出。

盛唐中王維與中書舍人苑咸友善，曾贈詩表達對苑咸佛學修養與精通梵文的稱歎說：「蓮花法藏心懸悟，貝葉經書手自書，楚辭共許勝揚馬，梵字何人辨魯魚。」苑咸答詩說：「應同羅漢無名欲，故作馮唐老歲年。」[44]這一唱一酬中，王

---

[42] 杜松柏首先研究「以禪入詩」，分「禪理詩」「禪典詩」「禪跡詩」「禪趣詩」之別，見氏著《禪學與唐宋詩學》，黎明文化事業公司，民六十五年版。李淼《禪宗與中國古代詩歌藝術》則只分禪理與禪趣詩，麗文文化出版社，民八十二年版。

[43] 原文見唐孟棨《本事詩》嘲戲第七。

[44] 《全唐詩》卷一二八、一二九有王維〈苑舍人能書梵字兼達梵音皆曲盡其妙戲為之贈〉及苑咸〈酬王維〉詩。

維美譽苑咸「蓮花法藏」之悟，苑咸推許王維如羅漢離欲，可以看出唐代文士往來唱酬中，隨手拈來都是佛家語。

打開《全唐詩》，詩中用禪語的詩例信手可得，如岑參〈出關經華嚴寺訪華公〉詩：

欲去戀雙樹，何由窮一乘。

元稹〈悟禪三首寄胡果〉：

病宜多宴坐，貧似少攀緣。

白居易〈在家出家〉：

中宵入定跏趺坐，女喚妻呼多不應。

杜甫〈謁文公上方〉：

願聞第一義，回向心地初。

房融〈謫南海過始興廣勝寺果上人房〉：

方燒三界火，遽洗六情塵。

以上諸例[45]，不論詩人本身有否禪機，在語文上明顯都是借

[45] 分見《全唐詩》卷一九八、四○九、四五八、二二○、一○○。

用禪語「雙樹」、「一乘」、「宴坐」、「攀緣」、「跏趺坐」、「第一義」、「心地初」、「三界火」、「六情塵」等等。禪宗發越後，禪學是士人熟習之內容，隨手拈掇禪語入詩，或擷引禪典，已是習常之事，即以詩聖杜甫亦於一詩中數用禪典禪語，如〈望牛頭山〉詩：

> 牛頭見鶴林，梯徑繞幽林。春色浮山外，天河宿殿陰。
> 傳燈無白日，布地有黃金。休作狂歌老，回看不住心。

此中用景德「傳燈」錄記載之「牛頭」法融禪師「鶴林」寺，並涉及「天河」、「黃金」為地的淨土、「不住心」念佛的禪理等等佛典語詞，可以看出唐人廣泛汲取佛典語言入詩的現象。

以禪入詩粗者用禪語，精者入禪機，詩人隨習禪工夫高下，境界參差，展露的自性風光自有不同。入禪之作，都寄禪理、涉禪跡，很能突顯出禪門心性的風光與趣味。王維詩是唐代詩人中最能傳達出禪悟的過程、體驗與境界者，這已是歷來詩家公認的㊻，其他唐代詩人亦不乏禪機之作。如王維〈夏日過青龍寺謁操禪師〉云：

> 龍鍾一老翁，徐步謁禪宮。欲問義心義，遙知空病空。
> 山河天眼裡，世界法身中。莫怪銷炎熱，能生大地風。
> （《王右丞集箋注》卷七）

㊻ 有關王維詩禪悟之美可參見筆者〈從禪悟的角度看王維詩中空寂的美感經驗〉一文，見本書第四章。

白居易詩：

> 須知諸相皆非相，若住無餘卻有餘。言下忘言一時了，
> 夢中說夢兩重虛。空花豈得兼求果，陽焰如何更覓魚。
> 攝動是禪禪是動，不禪不動即如如。
> （《白氏長慶集》卷六五）

王、白二人之詩雖然不能斷言有否境界，但語涉禪理，都顯出他們對禪的某種程度的體悟。

儲光羲〈詠山泉〉：

> 山中有流水，借問不知名。映為天地色，飛空作雨聲。
> 轉來深澗滿，分出小池平。恬淡無人見，年年長自清。
> （《全唐詩》卷一三九）

李華〈春行寄興〉：

> 宜陽城下草萋萋，澗水東流復向西。芳樹無人花自落，
> 春山一路鳥空啼。（《全唐詩》卷一五三）

這兩首詩，前者以山泉巧譬點出禪理，後者不著一字而禪機自現。常建〈破山寺後禪院〉也深寓禪趣：

> 清晨入古寺，初日照高林。曲徑通幽處，禪房花木深。
> 山光悅鳥性，潭影空人心。萬籟此皆寂，惟聞鐘磬聲。

（《全唐詩》卷一四四）

唐人以禪入詩的主題今人多所論及[47]，但唐宋明清詩家也早已提點過，例如戴叔倫〈送道虔上人遊方〉詩說：

> 律儀通外學，詩思入禪關。煙景隨緣到，風姿與道閑。（《全唐詩》卷二七三）

又如明末清初李鄴嗣〈慰弘禪師集天竺語詩序〉云：

> 唐人妙詩若〈游明禪師西山蘭若〉詩，此亦孟襄陽之禪也，而不得耑謂之詩；〈白龍窟泛舟寄天台學道者〉詩，此亦常徵君之禪也，而不得耑謂之詩；〈聽嘉陵江水聲寄深上人〉詩，此亦韋蘇州之禪也，而不得耑謂之詩，使招諸公而與默契禪宗，豈不能得此中奇妙？（《杲堂文鈔》卷二）

王士禎〈書溪西堂詩序〉云：

> 嚴滄浪以禪喻詩，余深契其說，而五言尤為近之。如王、裴〈輞川絕句〉，字字入禪。他如「雨中山果落，燈下草蟲鳴」，「明月松間照，清泉石上流」，以及李白「卻下水精簾，玲瓏望秋月」，常建「松際露微月，清光猶

---

[47] 除前引述[42]外，孫昌武《詩與禪》、袁行霈〈詩與禪〉、周裕鍇《中國禪宗與詩歌》都有討論「以禪入詩」的專章與專節。

為君」，浩然「樵子暗相失，草蟲寒不聞」，劉眘虛「時有落花至，遠隨流水香」，妙諦微言，與世尊拈花，迦葉微笑，等無差別。通其解者，可語上乘。(《續尾續文》卷二)

有關以禪入詩可論者尚多，本文只為證明唐代詩禪交涉的不同向度，因此不再細論。

㈢詩僧示道之詩作

偈詩的發展有前後不同階段的流衍變化。早期佛經翻譯的偈詩是一種面貌，至東晉僧人能詩，以詩詠道，又是一種面貌，演變至唐，詩僧輩出，禪宗興盛，以詩說禪示法或做為象譬、暗示的禪詩偈頌更形多元面貌。例如《壇經》中神秀與慧能的示法偈是純粹的哲理詩㊽，後出題為僧粲所作的〈信心銘〉、永嘉禪師〈證道歌〉也都是較近哲理化的古體㊾，晚唐五代「五家七宗」以文字門機鋒的開悟、示法、傳法偈，是質直的五七言詩歌體，寒山、拾得、靈澈等詩僧的樂道之

㊽ 《祖堂集》卷二載神秀、慧能示法詩云：「身是菩提樹，心如明鏡臺，時時勤拂拭，莫遣有塵埃。」「菩提本非樹，心鏡亦非臺，本來無一物，何處有塵埃。」今本《六祖壇經》及《景德傳燈錄》卷三，皆有二偈，但文字依不同版本而有出入。

㊾ 〈信心銘〉相傳為三祖僧粲撰，最早見於《景德傳燈錄》卷三〇，為四言有韻詩，凡一四六句五八四字。〈永嘉禪師證道歌〉唐玄覺撰，為歌行體裁。今存大藏經《永嘉大師禪宗集》中，為禪典重要資料，《中國禪宗大全》收於頁七一～七三中，長春出版社，一九九一年版。

作，肯定人生，表現情趣，則保有豐富的詩歌藝術，也不乏嚴整的五七言律體等等。

慧皎《高僧傳》載東晉高僧鳩摩羅什與僧叡「論西方辭體商略同異」云：

> 天竺國俗，甚重文制。其宮商體韻以入弦為善，凡覲國王，必有贊德。見佛之儀，以歌歎為貴，經中偈頌皆其式也。但改梵為秦，失其藻蔚。雖得大意，殊隔文體。有似嚼飯與人，非徒失味，乃令嘔噦也。(《高僧傳》)

這段很可以總括早期翻譯佛經中的偈詩之質直無味。例如《金剛經》偈云：

> 一切有為法，如夢幻泡影，如露亦如電，應作如是觀。
> (《金剛經》應作非真分第三十二)

這是佛家「六如」觀念簡潔呈現的一首言簡意賅的偈詩，旨意固然深遠，但文字卻無詩味，亦不叶韻。這是偈詩「改梵為秦」下的初期形貌。到東晉偈詩就較合中國詩歌體裁，康僧淵的〈代答張君祖詩〉、支遁的〈四月八日贊佛詩〉就已是中國詩歌形貌。如鳩摩羅什的〈十喻詩〉云：

> 十喻以喻空，空必持此喻。借言以會意，意盡無會處。既得出長羅，住此無所住，若能映斯照，萬象無來去。
> (《先秦漢魏晉南北朝詩》晉詩卷二〇)

這首詩雖然無詩歌情趣，只充滿玄理，但已是叶韻的五言古詩，「喻」「處」「住」「去」分別是去聲六御與七遇韻，古詩通押。這種形式如詩，韻味不被視為詩歌正統的偈，在初唐詩僧作品中仍存在，因此拾得詩云：

> 我詩也是詩，有人喚作偈。詩偈總一般，讀時須仔細。

由此我們可以看出詩偈之間的差別。但中晚唐詩僧深諳詩調、韻律與體式，這種詩偈之別已泯合無形了。王士禎《香祖筆記》云：

> 舍筏登岸，禪家以為悟境，詩家以為化境，詩禪一致，等無差別。

便是對這種詩禪充份融合的肯定。我們從幾則禪語公案可知中唐禪師對話的語言已是詩化語言，這是偈詩水準能合詩歌韻致的普遍現象。例如有關中唐天柱崇慧禪師（?～七九九）回答弟子問道的幾則記載：

> 問：「如何是天柱家風?」
> 師答：「時有白雲來閉月，更無風月四山流。」
> 問：「如何是道?」
> 師答：「白雲覆青峰，蜂鳥步庭華。」
> 問：「如何是和尚利人處?」
> 師答：「一雨普滋，千山秀色。」

問：「如何是西來意？」

師答：「白猿抱子來青嶂，蜂蝶啣華綠葉間。」（《傳燈錄》）

從這些問答可以看出天柱禪師取象自然，動靜空有互攝，充滿詩意與禪機。《景德傳燈錄》記載的唐代禪師這種詩化語言非常普遍[50]。

唐際有名的詩僧有王梵志、寒山、拾得、豐干、龐蘊、靈澈、皎然、貫休、齊己等等。王梵志今存詩三百餘首，多偈詩[51]，《全唐詩》則未錄一首。寒山詩今亦存三百餘首，收入《全唐詩》卷八〇六中，二人詩雖通俗，但寒山較王梵志有雅調。

〇我昔未生時，冥冥無所知。天公強生我，生我復何為？無衣使我寒，無食使我飢。還你天公我，還我未生時。（《王梵志詩校輯》卷六）

〇閑自訪高僧，烟山萬萬層。師親指歸路，月掛一輪燈。

〇閑游華頂上，日朗晝光輝。四顧晴空里，白雲同鶴飛。（《全唐詩》卷八〇六寒山詩）

---

[50] 《景德傳燈錄》所載唐高僧示法之詩語極多，如卷一四石頭希遷示法、卷八龐居士示法、潭州龍山和尚示法、卷七大梅法常禪師示法等，其他南岳懷讓、馬祖道一、百丈懷海、黃檗希運、臨濟義玄等等之問答亦多假詩句。

[51] 王梵志詩今人任半塘據敦煌遺書二十八種寫本校輯，已由北京中華書局出版問世。

由以上三首詩中可知寒山詩具清氣，多自然意象，華彩也勝梵志一籌，拾得詩今存五十餘首，收入《全唐詩》卷八〇七。這是初唐詩僧的丰采。盛唐及中晚唐僧則韻如松風，淡然天和，有許多境高意遠調清的神韻詩作。如皎然〈聞鐘〉詩：

> 古寺寒山上，遠鐘揚好風。聲餘月樹動，響盡霜天空。
> 永夜一禪子，冷然心境中。（《全唐詩》卷八二〇）

貫休〈野居偶作〉：

> 高淡清虛即是家，何須須占好煙霞。無心於道道自得，有意向人人轉賒。風觸好花文錦落，砌横流水玉琴斜。但令如此還如此，誰羨前程未可涯。（《全唐詩》卷八三六）

齊己〈題仰山大師塔院〉：

> 嵐光疊杳冥，曉翠溼窗明。欲起遊方去，重來繞塔行。
> 亂雲開鳥道，群木發秋聲。曾約諸從弟，香燈盡此生。
> （《全唐詩》卷八三六）

從這些作品中可以看出詩僧的詩意與禪意兼得，他們都能成熟地轉化自然意象，成就清淨禪境。據覃召文《禪月詩魂》所考，唐代民間流傳〈三高僧諺〉云：「霅之晝（皎然），能清秀，越之澈（靈澈），洞冰雪，杭之標（道標），摩雲霄。」[52]可見禪僧詩風。周裕鍇《中國禪宗與詩歌》據《全唐詩》考，唐詩僧凡百餘人，詩作四十六卷，並且大部份詩僧都集中出現在大曆以後的百餘年間[53]。詩僧是詩禪融合的具現，他們嗜詩習禪兼得，兩不相礙，「吟疲即坐禪」（齊己〈喻吟〉），「一念禪餘味國風」（齊己〈謝孫郎中寄示〉），在唐代詩壇上蔚為多元丰采。周裕鍇並粗分為兩大類：「一是以王梵志、寒山、拾得為代表的通俗派。二是以皎然、靈澈等人為代表的清境派。」[54]

宋代姚勉〈贈俊上人詩序〉曾云：「漢僧譯，晉僧講，梁、魏至唐初，僧始禪，猶未詩也。唐晚禪大盛，詩亦大盛。」（《雪坡舍人集》卷三七）我們可以之來簡約看出偈詩從漢到唐的流變，並從而看出唐代詩僧之盛與詩禪融合的成果。

㈣以禪喻詩之開端

詩禪交涉在詩歌創作上以唐代文士禪機詩和詩僧示禪詩為高峰，但在詩歌理論上，此際方為萌芽期，以禪喻詩在宋代才大行，明清仍盛。但唐人以禪喻詩，詩論上開創意境說，著重空靈意境的追求等詩學觀念，都已有了起始端倪。

中唐遍照金剛《文鏡秘府論》就已有用禪宗南北宗來品評詩文流派的說法：

---

[52] 見覃召文《禪月詩魂》，頁五八，香港三聯書店，一九九四年版。

[53] 見周裕鍇《中國禪宗與詩歌》，頁三九，上海人民出版社，一九九二年版。

[54] 同上，頁四〇。

> 荀孟傳於司馬遷，遷傳於賈誼。誼謫居長沙，遂不得志，風土既殊，遷逐怨上，屬物比興，少於風雅。復有騷人之作，皆有怨刺，失於本宗。乃知司馬遷為北宗，賈生為南宗，從此分焉。（南卷〈論文意〉）

這段話不管文學史上比論真確與否，顯然正是以禪喻詩文的開端。這種以南北宗比論詩壇的作法，中唐賈島〈二南密旨〉，晚唐詩僧虛中〈流類手鑒〉[55]，都有數說。影響宋人呂本宗《江西宗派圖》、劉克莊〈茶山誠齋詩選序〉（見《後村先生大全集》卷九七）， 也紛紛以禪門宗祖喻詩人地位，以禪門宗派比附詩派。嚴羽是「以禪喻詩」最具特色的人物，《滄浪詩話》論唐詩云：

> 禪家者流，乘有大小，宗有南北，道有邪正。學者須從最上乘，具正法眼，悟第一義。若小乘禪，聲聞、辟支果，皆非正也。論詩如論禪，漢魏晉與盛唐之詩則第一義也。大曆以還之詩，則小乘禪也，已落第二義矣。晚唐之詩，則聲聞、辟支果也。

這種比附，以佛家三乘來看錯謬甚多，但可以看出宋人以禪喻詩，取佛家宗派為論的現象，這種風氣其源自唐殆無疑義。

---

[55] 賈島云：「論南北二宗：宗者總也。言宗則始南北二宗也。南宗一句含理，北宗二句顯意。」虛中云：「詩有二宗：第四句見題是南宗，第八句見題是北宗。」此見周裕鍇《中國禪宗與詩歌》，頁二七一所考。

近代學者多主張，唐「意境論」詩說的形成主要得力於禪宗[56]，無論是王昌齡《詩格》、皎然《詩式》、司空圖《廿四詩品》，都潛藏著禪宗的影響痕跡。王昌齡《詩格》提出「詩有三境」：

> 一曰物境。欲為山水詩，則張泉石雲峰之境極麗絕秀者，神之於心，處身於境，視境於心，瑩然掌中，然後用思，了然境象，故得形似。二曰情境。娛樂愁怨，皆張於意而處於身，然後馳思，深得其情。三曰意境。亦張之於意而思之於心，則得其真矣。

這三境之說似青原惟信禪師悟道「見山是山」的三階段，由形象直覺進入理性直覺，悟宇宙與藝術的真諦，同時也是佛教「境」的概念輸入詩論的表現[57]。皎然《詩議》云：

> 夫境象非一，虛實難明，有可覩而不可取，景也；可聞不可見，風也；雖繫乎我形，而妙用無體，心也；義貫

---

[56] 如周氏《中國禪宗與詩歌》，頁一二八、李淼《禪宗與中國古代詩歌藝術》，頁一七九、吳紅英〈王昌齡的詩歌意境理論初探〉（《重慶師院學報》一九九三年一月）、黃景進〈唐代意境論初探〉（淡江大學《文學與美學》第二集）等等。

[57] 唐以前佛經譯文是「境界」最早出處，如《雜譬喻經》：「神是威靈，振動境界」，《無量壽經》：「斯義宏深，非我境界。」《華嚴經》：「了知境界，如夢如幻。」《阿毗達摩俱舍論本頌疏》卷一：「色等五境，為境勝，是境界故。」等等，撮舉不盡。近人論王昌齡意境論都以此為本，指出王昌齡受佛教思想啟發而有意境之論。

眾象而無定質，色也；凡此等，可以偶虛，亦可以偶實。

皎然詩學以心為宗，取「境」虛實之說顯然也得力空王之道。《詩式》辨體一十九字，是唐詩風格論，為晚唐五代「詩格」之發端，對詩論中這種「詩格」形式影響深遠[58]。司空圖《詩品》廿四品也屬風格學，可說是對皎然《詩式》進一步的承繼。其中「不著一字，盡得風流」「韻外之致」「味外之旨」之說更深遠影響到宋代嚴羽妙悟說及清代神韻派詩論。

宋代蘇軾〈夜直玉堂攜李之儀端叔詩百餘首讀至夜半書其後〉云:「暫借好詩消永夜，每至佳處輒參禪。」李之儀本人則說:「得句如得仙，悟筆如悟禪」，這種詩禪方法可以合轍的觀點，本文不能盡述，只能略示一、二，希望從唐代詩學這一鱗半爪中能見其發展的趨勢。

五、結　語

儘管詩禪交涉的歷史發展如此深遠綿長，唐代詩壇展現的詩禪交涉現象如此豐碩多姿，但反對以禪入詩及以禪喻詩者仍大有人在。劉克莊〈題何秀才詩禪方丈〉曾云:「詩之不可為禪，猶禪之不可為詩也。」潘德輿《養一齋詩話》云:「以妙悟言詩猶之可也，以禪言詩則不可。詩乃人生日用中事，禪何為者?」李重華《貞一齋詩話》云:「嚴滄浪以禪悟論詩，王阮亭因而選《唐賢三昧集》，試思詩教自尼父論定，

[58] 詳見張伯偉《禪與詩學》，頁九～二九，浙江人民出版社，一九九二年初版。

何緣墜入佛事?」 這些與詩禪交涉相矛盾的語言正好令人深思。詩歌歷史發展歷不同世代，受到不同思潮衝激，創作與觀念自有不同演進，瞻盱於詩史中自然應不相矛盾。但詩禪本質上的差別卻是不能否認的，即使嗜詩好禪的白居易仍不免自云：「自從苦學空門法，銷盡平生種種心，唯有詩魔降未得，每逢風月一長吟。」(〈閑吟〉) 白氏顯然以為詩足以妨道，愛詩有害修禪。齊己同樣有「分受詩魔役」之句，皎然也有「強留詩道以樂性情」之語[59]，徹斷塵緣與詩以言志之間本有相害之處，但就大乘精神，不離世覓菩提的觀點，詩道又何異禪道，禪道正有益詩道，因此本文不揣淺陋，為詩為禪，勾稽事實，留存詩禪交涉之一斑，就教方家，並饗同好。

[59] 見李淼《禪宗與中國古代詩歌藝術》，頁一一五～一一九所考。

第二章 宴坐寂不動，大千入毫髮——唐人宴坐詩析論

中國詩歌在唐代「意境」論開展之後，明顯有許多禪學影響的痕跡。唐詩的藝術創造高峰正在意境的拓展上，然而唐人意境之所以能出入有無，融攝虛實的各種時空變化，佛教「境界」說應有不小的貢獻。近人黃景進、李淼等對唐人意境論得自佛家境界說之處已多所闡發❶，但詩論而外，詩歌作品本身這種穿境取境的具現功夫，卻乏人探討。本文擬以唐人「宴坐」，也就是「禪坐」的作品，來看禪法觀念對詩境開展的意義。全文分五小節，首節探「宴坐」之源起與衍變，次節論唐人「宴坐」之風與維摩信仰，三節分析唐人宴坐詩之類型與內涵，第四節則進一步討論宴坐詩對唐詩美學藝術之貢獻，最末節則為結論。

一、何謂「宴坐」——從安般守意禪到《維摩詰經》「宴坐」的主張

所謂「宴坐」或作「晏坐」、「燕坐」❷，即「禪坐」之

❶ 黃景進〈唐代意境論初探〉，淡江大學《文學與美學》第二集；李淼《禪宗與中國古代詩歌藝術》第四章第一節「禪宗造就意境論」等；持論此說者仍多，本文不一一贅舉。

❷ 如白居易詩〈睡起晏坐〉、〈晏坐閒吟〉等，見朱金城《白居易集箋校》卷七、卷十五，上海古籍出版社，一九八八年版。又如蘇軾〈大悲閣記〉則作「燕坐」，見《蘇軾詩集》卷四十。

意，從禪宗以前，小乘禪法傳入中國開始，到禪宗成立以後，南宗禪主張枯坐不能成佛❸，中國的禪學內涵一直未離開「宴坐」，因此「宴坐」的內涵包括形式的跏趺坐與無形的禪心，意義極廣。

據正果禪師《禪宗大意》指出，達摩以前中國禪學已有禪觀之修持與實踐，東漢安世高本人精習小乘經論，也誦持禪經，所譯的《大安般守意經》對修習禪觀特別重要。支婁迦讖敷演大乘禪教，是中國大乘禪教的開端，所譯的《道行經》（即《放光般若》），講空理，為禪教掃蕩門中的要旨。《首楞嚴經》的初譯，更是禪教所依。漢末三國時支謙譯《禪祕要經》、《修行方便經》都重在說明禪觀之法，特別是《首楞嚴經》與《維摩詰所說不思議法門經》，尤為形成大乘禪教的要素。其後，經康僧會解說禪教，竺法護譯述禪典，道安註解禪經，慧遠倡念佛禪，鳩摩羅什大量傳譯禪經，佛馱跋陀羅弘傳出世禪法，僧睿之參禪，僧肇之著論，道生頓悟成佛說及玄高、寶雲、慧觀、寶志、傅大志的禪法之影響等等，中國禪之內涵從小乘禪到大乘禪乃至祖師禪，其發展的軌跡已隱然可尋❹。

小乘禪法始於佛世，終於鳩摩羅什時期，李孝本曾綜論此中禪法內容包括「四禪八定」、「滅盡定」、「漏盡通」、「止

❸ 如《六祖壇經・頓漸品》載六祖對志誠「住心觀淨，長坐不臥」的看法云：「生來坐不臥，死去臥不坐，一具臭骨頭，何為立功課。」又《景德傳燈錄》載馬祖坐禪，懷讓禪師示偈云：「磨磚既不成鏡，坐禪豈得成佛。」此皆南宗禪法不重枯坐之論。

❹ 以上重點禪史見正果《禪宗大意》，頁二～二四，千華出版社，民七十八年版。

觀」、「十念」、「安般念」、「六妙門」、「十六特勝」、「八解脫、八勝處、十偏處、九次第定」等❺。

四禪八定是一種征服行者下劣慾望而收攝精神，使之歸於靜寂的方法，禪寂進境由初禪離色，二禪靜慮，三禪欣妙，四禪泯然凝寂而進入四無色定（即「空無邊處定」、「識無邊處定」、「無所有處定」、「非想非非想處定」），但四禪八定尚未出離三界，小乘禪者必須再修「滅盡定」以超出三界生死進入涅槃妙樂，也就是六神通之「漏盡通」。

小乘禪法之「止觀」說方面，「止」(Samatha)即止息精神的動亂，使心光集中一處；「觀」(Vipasyana)即觀照實理，活用正智。止屬於空門、真如門，緣無為的真如而遠離諸相；觀屬於有門、生滅門，緣有為的事相而發達智解。真止真觀則入三昧（三摩地，Samadhi）。

小乘行者入定的初門有「念佛」、「念法」、「念僧」、「念戒」、「念施」、「念天」、「念休息」、「念安般」、「念身非常」、「念死」等十念。此十念法門以「不淨觀」（念身非常）與「安般守意」（念安般）稱為二甘露。《五門禪經要用法》舉坐禪五門，一為安般，二為不淨，三為慈心，四為因緣觀，五為念佛，若心亂則教以安般，貪愛則教以不淨，瞋恚則教以慈心，我執則教以因緣，心沒則教以念佛，與五停心觀大致相同。

「安般念」是入定極方便法門，即「安那般那」(Anapana)入息出息之意，也就是「數息觀」，為禪專門化之濫觴。《大安

---

❺ 見李孝本〈早期禪學思想史述略〉，收於張曼濤主編之《禪宗思想與歷史》，頁一六九～一八八，大乘文化出版社，民六十七年版。

般守意經》詳敘呼吸與精神的關係之數息方法，又細分為數、隨、止、觀、還、淨「六妙門」。《大安般守意經》云：「數息為遮意，相隨為斂，止為定義，觀為離意，還為一意，淨為守意。」《修行道地經》則合之為四事：「一謂數息，二謂相隨，三謂止觀，四謂還淨。」由安般能入諸勝地，地地觀照，能發無漏智，所以又有十六特勝，而入清淨解脫。

小乘禪觀名數雖多，但不離四禪八定及滅盡定，他如「八解脫」（八背捨）、「八勝處」、「十偏處」、「九次第定」都不出此中。而且，小乘禪坐法以閑靜趺坐，心繫於一處而不使散亂為主，此源於印度外道「瑜伽」(Yoga)之靜坐瞑想，有其調身、息、心、念之一定方法。康僧會解說禪數有《安般經註解》一卷，其序載於《出三藏記集》卷五，便指出：「……行寂繫意著息，數一至十，十數不誤，意定在之，小定三日，大定七日，寂無他念，泊然若死，謂之一禪。禪棄也，棄十三億穢念之意。……穢欲寂靜，其心無想，謂之淨也。得安般行者，厥心即明；舉明所觀，無幽不睹。往無數劫，方來之事，人物所更，現在諸剎，其中所有世尊法，弟子誦習，無聲不聞。恍惚髣髴，存亡自由，大彌八極，細貫毛厘；制天地，住壽命；猛神德，懷天兵；動三千，移諸剎。八不思議，非梵所測。神德無限，六行之由也。」（《大正藏》第十五冊）可見早期禪法之重心與六神通相關。

大乘禪法從般若經系的「空」理而來。「般若」(praina)華語意為「智慧」，即「空」的智慧。據楊惠南所考，第一階段《道行般若經》、《小品般若經》尚無「空」字一詞，「空」等同於「般若」是從第二階段《道行般若經》、《放光般若經》、《心經》時則大談「空」理，形成十八空、二十空等「空」的概念❻。楊惠南並指出「空」不但否定了「世間」法塵，也否定「出世間」之存在性與真實性，是「幻夢、涅槃不二不別」(《摩訶般若波羅蜜經》卷八，〈幻聽品〉)，其實也就是「不厭生死苦，不欣涅槃樂」的菩薩情操。因此《維摩詰經》卷三〈弟子品〉論「宴坐」云：

> 舍利弗白佛言：「……我昔曾於林中，宴坐樹下，時維摩詰來謂我言：『唯，舍利弗！不必是坐為宴坐也！夫宴坐者，不於三界現身意，是為宴坐；不起滅定而現諸威儀，是為宴坐；不捨道法而現凡夫事，是為宴坐；心不住內，亦不在外，是為宴坐；於諸見不動而修行三十七道品，是為宴坐；不斷煩惱而入涅槃，是為宴坐。』」❼

由之可見大乘禪法與四禪八定之「滅盡定」、 八背捨之「滅受想背捨」已大有不同，這也就是柳田聖山所謂「菩薩的禪法」❽。小乘禪法之瞑想靜坐至此有了重大的變化。

柳田聖山《禪與中國》一書指出，鳩摩羅什所譯的《維摩詰經》把「坐禪」稱為「宴坐」，這個譯語沒有在其他地方

---

❻ 楊惠南〈禪宗的兩大思想傳承〉，《禪史與禪思》，頁三附註❼，東大圖書公司，民八十四年版。

❼ 見陳慧劍譯註《維摩詰經今譯》， 頁一〇三，東大圖書公司，民八十一年二版。

❽ 柳田聖山著，毛丹青譯《禪與中國》， 頁四二，桂冠出版社，民八十一年版。柳氏認為：「菩薩的禪法是批判小乘禪法的，批判的來源是大乘佛教的般若波羅蜜。」

出現過。在鳩摩羅什所譯的《大智度論》中另有「宴寂」一詞，恐怕與宴坐同義。柳氏並指出維摩這種批判實際就是《般若經》的觀點❾。《摩訶般若波羅蜜經》卷十八〈夢誓品〉云：

> 須菩提，菩薩在空閒山澤曠遠之處。魔來菩薩所，讚嘆遠離法。……須菩提，我不讚是遠離。……佛告須菩提：若菩薩摩訶薩遠離聲聞辟支佛心，住空閒山澤曠遠之處，是菩薩心在憒鬧。

《大智度論》卷十七云：

> 問曰：菩薩法以度一切眾生為事，何以故閒坐林澤，靜默山間，獨善其身，棄捨眾生？答曰：菩薩身雖遠離眾生，心常不捨，靜處求定，獲得實智慧以度一切。譬如服藥，將身權息眾務，氣力平健，則修業如故。菩薩宴寂亦復如是。以禪定力服智慧藥，得神通力，還在眾生，或在父母妻子或師徒宗長，或天或人，下至畜生，種種語言方便開道。

從小乘禪定到般若經系的菩薩禪法，再到維摩「宴坐」的主張，禪宗的「明心見性」之禪已有相當豐富的內涵。其實不只禪宗，中國佛教各宗旨皆不離「禪」❿。唐中期兼通華嚴

---

❾ 同上，頁四六、四七。

❿ 太虛大師認為「中國佛學特質在禪」，文見《禪學論文集》，頁一，大乘文化出版社，民六十五年版。

和禪的圭峰宗密認為「禪」凡五種：外道禪、凡夫禪、小乘禪、大乘禪、最上乘禪。其中達摩以後之「頓門」為最上乘。其〈禪源諸詮集都序〉卷上云：

> 若頓悟自心本來清淨，元無煩惱，無漏智性本來自具足，此心即佛，畢竟無異，依此而修者，是最上乘禪，亦名如來清淨禪，亦名一行三昧，亦名真如三昧。此是一切三昧根本。若能念念修習，自然漸得百千三昧。達摩門下展轉相傳者，是此禪也。達摩未到，古來諸家所解，皆是前四禪之定。諸高僧修之皆得功用。南岳天台，令依三諦之理修三止三觀，教義雖最圓妙，然其趣入門戶次第，亦只是前之諸禪行相。唯達摩所傳者，頓同佛體，迥異諸門。

宗密認為「頓門」是禪的最高法門，這與智顗《摩訶止觀》「非行非坐三昧」相應。最早的禪坐是「常坐三昧」，念佛禪之念佛、禮佛則為「常行三昧」，綜合應用則為「半行半坐三昧」，至如「非行非坐」則坐禪與行為已一體化[11]。

以上為達摩以前的禪法，一般統稱為漸修的禪，達摩悟心成佛的教法始為「頓門」。達摩傳法以《楞伽經》付二祖。此後至五祖為止，皆奉此經。因此又有人認為禪宗的正式建立當始於惠能，此前皆為「楞伽師」[12]。據印順導師所指，

---

[11] 正果《禪宗大意》，頁五六。

[12] 見印順《中國禪宗史》，頁一一～一三，正聞出版社，民七十九年七版。

《楞伽經》云：「頓現無所有清淨境界」，也是頓入的見習法門。它主張「淨除一切眾生自心現流」，「是漸非頓」，這與達摩「理入」、「行入」之意趣相合，而達摩二入四行之教實兼頓漸，以如來藏為主，其「壁觀」之外息諸緣，凝心安住，也是有名的入道方法⓭。達摩禪即「藉教悟宗」之「楞伽禪」，從初祖到五祖，甚至到神秀做國師時皆自稱楞伽宗一派。

《楞伽經》教重遠離法，並論及宴坐，「佛語心品之一」云：「遠離於心識」、「遠離於斷常」、「遠離覺所覺」、「牟尼寂靜觀，是則遠離生」，又云：「離自心現妄想慮偽，宴坐山林，下中上修，能見自心妄想流注。無量剎土，諸佛灌頂，得自在力，神通三昧。」⓮但此宴坐與維摩宴坐顯然範疇有所不同，楞伽之宴坐仍側重小乘禪教，到維摩宴坐的主張，已不拘形執。有唐一代，楞伽系代表北方禪法，南禪則多承維摩宴坐的主張而來。

達摩以後以雙峰與東山法門最見新機，淨覺《楞伽師資記》云：

> 信禪師再敞禪門，宇內流布，有菩薩戒法一本，及制入道安心要方便門，為有緣根熟者說。我此法要，依楞伽經諸佛心第一；又依文殊說般若經一行三昧，即念佛心是佛，妄念是凡夫。（《大正藏》冊八五，頁一二八六下）

⓭ 以上《楞伽經》文引自釋普行《楞伽經今文譯註》，頁六～八、六六，中大典編印會，民七十年版。

⓮ 同上，頁五三～五七。

四祖道信在黃梅雙峰山說法三十餘年，與天台、三論宗法門相涉，印順導師指其禪法特色有三：㈠戒禪合一，使弘忍門下開法傳禪皆與戒有關。㈡楞伽與般若合一。㈢念佛與成佛合一。這些方法皆成南能北秀為主的唐代禪學重心。

道信將文殊說般若之「一行三昧」引入楞伽禪，制立卓越的安心方便，對東山法門及南能北秀都有深遠的影響。其「入道安心要方便門」有許多善巧方便，主張「佛即是心」，念佛與念心同一性，其中「守心」五事，即楞伽傳統。五事之中，道信特重「守一不移」⓯，坐禪依此到達身空心寂之境，有先「看淨」，後攝空，終得定的次第。這是後人「看淨」然後「看心」一流的禪觀次第。〈入道安心要方便門〉云：

○直觀身心、四大、五陰……從本以來無所有，究竟寂滅；從本以來清淨解脫，不問晝夜，行住坐臥，常作此觀。

○復次，若心緣異境覺起時，即觀起處畢竟不起。此心緣生時，不從十方來，去亦無所止。常觀攀緣、覺觀、妄識、思想、雜念、亂心不起，即得粗住。若得住心，更無緣慮，即隨分寂定，即得隨分息諸煩惱。（《大正藏》冊八五，頁一二八八下～一二八九上）

道信這種方便法乃觀一切法本來空寂，悟入無生，如心緣異

⓯ 所謂守心五事指：「知心體」、「知心用」、「常覺不停」、「常觀身空寂」、「守一不移」，詳見印順導師所論，同上書，頁六七～六八。

境就返觀此本來空寂之一念心，前法從觀身空淨到攝心在定，後法從觀法本空到依觀成定。此中道信又有「捨身法」，遣此四大五陰之身入杳冥之境。後來五祖弘忍的東山法門也有類似的修法。《楞伽師資記》載：

> ○坐時，平面端身正坐。寬放身心，盡空際遠看一字。○證後，坐時狀若曠野澤中，迥處獨一高山。山上露地坐。四顧遠看，無有邊畔。坐時滿世界，寬放身心，住佛境界。清淨法身無有邊畔，其狀亦如是。（《大正藏》冊八五，頁一二八九下～一二九〇上）

弘忍繼道信的靜坐、念佛方法，又融入《大乘起信論》的禪法，修一行三昧，予慧能一幅活活潑潑不拘泥「常坐」的實踐法[16]，弘忍同時也稟承道信戒禪合一的傳禪方便，而由神秀傳禪儀軌中流傳，神秀《大乘無生方便門》載有壇場中禪者先授菩薩戒、懺悔業障，再各令結跏趺坐，後傳五方便門禪法的實錄[17]。神秀契入楞伽玄理，依東山傳統，領袖北禪，慧能依金剛般若義理，授「無相戒」，用直接方法引入，為南宗禪。

中唐以後，北衰南盛，南宗禪一花開五葉，衍為五家七派，大致以《壇經》為本。《六祖壇經》的中心思想在「見性成佛」、「無相、無住、無念」方面。神秀《大乘無生方便

---

[16] 見釋常證《東山法門之淵源及其影響》，頁一〇一～一〇二，萬佛寺民八十一年印。

[17] 同上，頁一〇七。

門》的瞑想（禪坐）訓練，非常詳盡，是印度自古以來常用的瞑想法，而南宗《壇經》系是採《維摩詰經》與《金剛般若經》「無住」的立場，就是本覺之自然知⓲。不依傍坐禪形式，即維摩「不捨道法而現凡夫事，是為宴坐」的「道法的否定」，坐禪非禪，故為坐禪。也就是柳田聖山引《大智度論》所論的「真正的禪定」，是不捨棄欲望的大悲行，亦即不捨眾生，還生不淨之欲望界的菩薩禪⓳，此後洪州禪、石頭禪等，更是主張「即心是佛」、「觸事而真」，打、蹋、喝、棒，更無一定形跡可言。

以上是「宴坐」內涵的全幅輪廓。簡言之，宴坐即參禪，是思維修，亦名靜慮。禪定一行，能發神通萬行，起自性無漏智慧。修禪之靜坐形式為助道之法，以結跏趺坐為主，但保任禪心必須融入生活日常之中，如永嘉禪師《證道歌》所云：「行亦禪，坐亦禪，語默動靜體安然。」以直心為是，不以枯坐為道。

二、唐人的宴坐之風與維摩信仰

唐代士大夫奉佛者極多，精修禪法者不在少數，「宴坐」是唐代士大夫常見的生活。如王維常食蔬衣素，退朝以焚香坐禪誦經為主⓴。裴休中年後不食葷血，齋戒屏欲，香爐貝

⓲ 見柳田聖山《禪與中國》，頁八七～九六。

⓳ 同上，頁五〇～五一。

⓴ 見《舊唐書》卷一九〇「王維傳」。

典，不離齋中[21]。宋之問在韶州謁慧能有詩云:「洗慮賓空寂，焚香結精誓，願以有漏軀，聿薰無生慧。物用益沖曠，心源日閑細」[22]，顯然也參學禪法。白居易在元和年間〈冬夜〉詩云：「長年漸省睡，夜半起端坐，不學坐忘心，寂寞安可過。」〈睡起晏坐〉云：「行禪與坐忘，同歸無異路」[23]，可以看出唐代士大夫學禪與禪坐之現象。

唐人的「宴坐」之風廣義來看顯然不能只著眼於形式上之坐，而是在唐人的維摩信仰上。

如上節所考，「宴坐」一詞語源於《維摩詰經》，不僅語源如此，在大乘不二法門中，《維摩詰經》及維摩詰居士都是影響中國文化極深與文人生活關係極密的一部經典及人物，代表文士信仰的典型。

孫昌武據法國漢學家戴密微(Paul Demieville)所考，指出：《維摩詰經》是印度佛教重要的大乘經典，也是完全能融入中國文化的少數佛典之一[24]。早期支謙譯本稱《維摩詰所說不思議法門內經》，竺法護譯本名為《維摩詰所說法門經》，漢晉間譯本極多，以鳩摩羅什所譯之《維摩詰所說經》流傳最廣。

維摩詰(Vimalakirti)意即「淨名」、「無垢」，是一長者居士，與小乘佛教出家求道的主張大不相同，歷來印度大乘佛

[21] 《冊府元龜》卷九二七總錄部・佞佛。

[22] 《全唐詩》卷五一，宋之問〈自衡陽至韶州謁能禪師〉。

[23] 見筆者〈白居易詩中莊禪合論之底蘊〉一文所考，一九九六年九月西安「唐代文學國際學術討論會」論文，收於本書第五章。

[24] 見孫昌武〈唐代文人的維摩信仰〉所引，《唐研究》第一卷，北京大學出版社，一九九五年版。

教著名論師如龍樹、無著、世親等也還都是僧侶，維摩以居士說法，反映出這部經典的革新性質[25]。

在魏晉玄風流行下，大乘般若學依附玄學，《維摩詰經》也因此得以大規模宣揚，江東支遁、宋吳興法瑤、僧瑾等，講論《維摩詰經》皆一時之盛。維摩居士形象同時成為東晉以來文士玄談名理，朝隱、中隱的象徵。

唐代文化與社會結構與六朝不同，但維摩信仰仍持續熾盛，只是文化精神取向不同而已。孫昌武〈唐代文人的維摩信仰〉指出：

> 在六朝貴族文人的心目中，維摩是個高談玄理、追求超越的名士；而到了唐代，他則成為意志自由與人生適意的文人居士的化身，成了文人生活踐履的榜樣[26]。

《維摩詰經》是唐人必習的經典，維摩居士也是唐代文士習禪的榜樣。王維字摩詰，即取法於此；李白雄才不羈，求仙訪道，卻肯自縛於禪，以維摩自居，其詩云：

> 青蓮居士謫仙人，酒肆藏名三十春。湖州司馬何須問，金粟如來是後身。（〈答湖州迦葉司馬問白是何人〉）

「金粟如來」典出王簡〈頭陀寺碑〉，李善注云：「淨名大士是古金粟如來」。李白用《維摩詰經》「入諸酒肆，能立其志」

---

[25] 同上，孫昌武所考。

[26] 同上。

來表現他佯狂不群的姿態。杜甫雖為詩聖，也讚賞維摩，有〈送許八拾遺歸江寧覲省甫者時嘗客遊此縣於許生處乞瓦棺寺維摩圖樣志諸篇末〉詩云：「虎頭金粟影，神妙獨難忘。」中唐白居易更是常以維摩自居，〈東院〉詩云：「淨名居士經三卷，榮啟先生琴一張」，〈閑坐〉詩云：「有室同摩詰，無兒比鄧攸。」〈自詠〉詩云：「今日維摩兼飲酒，當時綺季不請錢。」其他如梁肅、劉禹錫、李紳、孟郊、元稹，都好維摩[27]。直至晚唐、李商隱剋意事佛，為清涼山行者，仍常以維摩自況。其〈酬崔八早梅有贈〉云：「維摩一室雖多病，要舞天花作道場。」（馮浩《玉谿生詩箋注》卷上）〈敷溪高士〉詩云：「敷溪南岸掩柴荊，挂卻朝衣愛淨名。」（同上）凡此可見唐人對維摩經義與維摩形象的熱愛。

如上節所考，《維摩詰經》「宴坐」的主張反對形式靜坐，打破出世間與世間的分別，這種方式在《六祖壇經》中也被稱引：

> 一行三昧者，於一切時中，行住坐臥，常行直心是。《淨名經》云：「直心是道場」，「直心是淨土」。……若坐不動是，維摩詰不合呵舍利弗宴坐林中。善知識，又見有人教人坐，看心看淨，不動不起，從此置功，迷人不悟，便置成顛，即有數百般以如此教道者，故知大錯。

---

[27] 李白〈答湖州迦葉司馬問白是何人〉見王琦《李太白全集》卷十九。杜甫詩見仇兆鰲《杜少陵集詳注》卷六。白居易〈東院〉等詩見《白氏長慶集》卷十九、二十、三一。其他唐人的維摩信仰俱見孫昌武文。同上[23]，[24]，[25]。

（《壇經・定慧品》）

又說：

> 何名為禪定？外離相曰禪，內不亂曰定。外若著相，內心即亂，外若離相，內性不亂。本性自淨自定……《維摩詰》云：即時豁然，還得本心。（《壇經・坐禪品》）

《壇經》為唐代南宗禪主要思想，以《壇經》繼承維摩禪觀及稱引《維摩詰經》的情況來看，也可看出唐人的維摩信仰。此外荷澤神會也同樣發揮維摩禪觀：

> ……若以坐為是，舍利弗宴坐林間，不應被維摩詰呵。呵云：「不於三界觀身意，是為宴坐。」[28]

神會直接取用《維摩詰經》語言來宣講無念心禪。後來黃檗希運在《宛陵錄》裡也引《淨名》云：「唯置一床，寢疾而臥」「如人臥疾，攀緣都息，妄想歇滅，即是菩提」的道理。臨濟義玄更是主張「要行即行，要坐即坐，無一念心，希求佛果」[29]。南宗禪把禪歸結在「自性」的體認上。馬祖道一倡「平常心是道」更在日用生活中求道。維摩宴坐的主張在南禪傳布遍中晚唐歷史中被普遍地化為文士生活型態。

---

[28] 見〈神會語錄第一卷殘〉，《神會和尚遺集》，胡適紀念館，民七十一年版。

[29] 見《古尊宿語錄》卷四〈鎮州臨濟慧照禪師語錄〉。

然而北禪神秀及較早之東山法門，在初盛唐時期仍以「看淨」的靜坐方便為教，因此唐人的宴坐仍存在形式與非形式的各種樣態，甚至也綜合著道家、莊子「隱几」「坐忘」的觀念與方法。

綜言之，唐代文士宴坐之風極盛，維摩信仰是明顯的一端。唐人除了採維摩宴坐禪觀外，也兼取北禪或小乘禪、道教的靜坐方法。禪的實踐活動與人生體驗是唐代文士生活中普遍可見的現象。且唐人習禪不一定在寺院裡，王維輞川別業即有「靜室」，李郢〈秋晚寄題陸勳校書與禪居時淮南從事〉詩也提到陸勳宅有「禪居」，鄭谷〈贈泗口苗居士〉詩云：「歲晏樂園林，維摩契道心。」此「園林」也是居士習禪之所，唐代文士習禪宴坐之風由此可見㉚。

三、唐人宴坐詩之內涵

《全唐詩》著「坐」字的作品多達二千七百三十九首，直接用「宴坐」者凡二十八見，用「獨坐」者凡一百五十二次，此外用「靜坐」、「禪坐」、「坐禪」、「跏趺坐」、「晏坐」、「燕坐」者亦近百，其他不著「坐」字的宴坐詩則不知有多少。有些「宴坐」詩不著名相，而實際充滿宴坐的體驗；有些「宴坐」詩雖出現名相，卻不談禪法，如元稹〈悟禪三首寄胡果〉云：「病宜多宴坐」、白居易〈病中宴坐〉云：「宴坐小池畔」等，只透顯唐代文士的佛教人生；有些「宴坐」

㉚ 詳細的「唐代文人的習禪風氣」請參考孫昌武《詩與禪》，頁九七，東大圖書公司，民八十三年版。

詩能進一步融攝時空，顯現禪法穿境取境的功夫，如李白〈廬山東林寺夜懷〉云：「宴坐寂不動，大千入毫髮」、韓翃〈題玉山觀禪師蘭若〉云：「玉山宴坐移年月」等等，極具時空的虛實變化。這些宴坐之作，對唐詩境界之開展與內涵之擴充，有深刻的影響。本節以《全唐詩》重要宴坐詩為樣本，綜合觀察，歸納其中透顯的意義。由於樣例極多，不勝枚舉，因此本文的歸納也只能略述大端，不能作為全面性的結論。

唐人的宴坐詩大抵以靜心瞑思為主，其內涵因參禪靜思而顯現以下幾種類型：

㈠走向山林，蔚為林下風流

除了少數宴坐詩主張不必遠離人寰外㉛，多數的宴坐詩多以楞伽系的跏趺坐與小乘禪的遠離法為主。如拾得〈無事閑快活〉云：

> 無事閑快活，唯有隱居人。林花長似錦，四季色常新。或向岩間坐，放瞻見桂輪。雖然身暢逸，卻念世間人。（《全唐詩》卷八〇七）

此詩中「岩間坐」的林下隱者，形式上屬於趺坐的禪風，但末句「念世間人」則為大乘菩薩精神，就如《維摩詰經・問

㉛ 如《全唐詩》卷八四五，齊己〈林下留別道友〉云：「住亦無依去是閑，何心終戀此林間」，卷八四八，尚顏〈宿清遠峽山寺〉云：「此中能宴坐，何必在雪林」，顯然都明白大乘禪無住生心，不必山林而得宴安的主張。

疾品》云：「菩薩如是，於諸眾生愛之若子，眾生病則菩薩病。」維摩以大悲心示教菩薩入世求道之法，正是大乘不離世間覓菩薩的主張。

像拾得此詩兼有大小乘禪法的宴坐詩極少，大部份的宴坐詩仍留存小乘禪及北禪住心看淨的形跡。陸龜蒙〈坐〉詩曾批評云：

> 偶避蟬聲到隙地，忽隨鴻影入遼天，閑僧不會寂寥意，道學西方人坐禪。(《全唐詩》卷六二九)

陸龜蒙顯然明白六祖「生來坐不臥，死去臥不坐」及馬祖「枯坐不能成佛」（見本文第二小節）的旨意，反對禪坐形式，直取寂寥精髓。但大部份的唐人宴坐詩則仍以山林幽棲，避世求靜為主。如宋之問〈宿清遠峽山寺〉云：

> 香岫懸金剎，飛泉界石門。空山唯習靜，中夜寂無喧。說法初聞鳥，看心欲定猿。寥寥隔塵市，何異武陵源。(《全唐詩》卷五二)

靈澈〈東林寺酬韋丹刺史〉云：

> 年老心閑無外事，麻衣草座亦容身。相逢盡道休官好，林下何曾見一人。(《全唐詩》卷八一〇)

李端〈過谷口元贊善所居〉云：

入谷訪君來，秋泉已堪涉，林間人獨坐，月下山相接，重露濕蒼苔，明燈照黃葉，故交一不見，素髮何稠疊。（《全唐詩》卷二八四）

又〈旅次岐山得山友書卻寄鳳翔張尹〉云：

本與戴徵君，同師竹上坐，偶為名利引，久廢論真果，昨日山信迴，寄書來責我。……（《全唐詩》卷二八四）

王昌齡〈宿裴氏山莊〉云：

蒼蒼竹林暮，吾亦知所投，靜坐山齋月，清溪聞遠流，西峰下微雨，向曉白雲收，遂解塵中組，終南春可遊。（《全唐詩》卷一四〇）

凡此語涉山林習禪的作品極多。從這些作品看來，作者不論僧俗，詩不分酬贈、述遊，一涉靜坐習禪，多指向「山林」，宋之問入山寺習靜（即學禪）；靈澈怪搢紳口說不能身行，不曾林下學禪；李端與好友入山林學獨坐等。禪門的山寺叢林往往是當世文人遠離塵俗的地方，「林下」二字也成為習禪與清幽靜遠的代表，身隱山林，人坐林下，無非是練習心閑，以看心定猿的禪法來廢名利解塵組，「林下風流」成為禪宗文化影響下的表徵。按大乘佛教宴坐之意本不限於山林，《維摩詰經・佛國品》云：「欲得淨土，但淨其心，隨其心淨，即佛土淨。」《六祖壇經・疑問品》亦云：「隨其心淨即佛土淨」。然而據上節所考，初盛唐以前，唐代多為楞伽師系，仍承小乘禪以來九次第定禪法的趺坐形式，以遠離法求其淨心，因而自然、田園、山水及禪寺所在的幽境，便成為唐代士大夫追求內心寧靜的寓所。近人葛兆光《禪宗與中國文化》已注意到這股禪文化影響下的林下風流，葛氏說：

> 這種以追求自我精神解脫為核心的適意人生哲學，使中國士大夫的審美情趣趨向於清、幽、寒、靜。自然適意、不加修飾、渾然天成、平淡幽遠的閑適之情，乃是士大夫追求的最高藝術境界。無論在唐、宋人的詩、詞中，還是在元、明、清的繪畫中，我們都可以領略到。㉜

葛氏綜合詩、詞、繪畫而言禪宗文化影響下的美感風尚，我們全面檢視唐代宴坐詩，也同樣可以看出林下清幽閑適的情趣。早在唐世，劉禹錫〈秋日過鴻舉法師院便送歸江陵序〉已云：「近古以降，釋子以詩聞於世者相踵，因定而得境，故翛然以清」㉝，《竹坡詩話》評此類詩亦云：「幽深清遠，自有林下一種風流」㉞。唐代美學藝術之「清遠」一類，在宴坐山林的詩作中可以充份得到驗證。

㉜ 見葛兆光《禪宗與中國文化》，頁一二八，天宇出版社，民七十七年版。

㉝ 見《全唐詩》卷三五七。

㉞ 見《竹坡詩話》卷二一引。

㈡超越時空，體驗靜中萬象

佛教對宇宙時空的認知本來即持超越性，心中一念可遍滿三千大世界，一心不亂，湛深禪定，自然也能有超時空的體驗。《華嚴經》云：「以一劫為一切劫，以一切劫為一劫。以一切剎為一剎，以一剎為一切剎。」《維摩詰經・不思議品》云：「以四大海水入一毛孔，斷取三千大世界，如陶家輪，著右掌中。」過去、現在、未來等時間之流是心念之變異；紅塵、淨土、宇宙各大千世界也是心念之分別，禪定者如能自性不動，則無來無去，此即《金剛經》云：「如來者，無所從來，亦無所去。」《華嚴經》亦云：「諸法無生亦無滅，亦復無來無有去。」因此參禪者在宴坐中往往有超越時空的體驗，隨四禪高下而神力不同。即使未能入定，在閑目瞑思或閑心自適下也都能有對時空、動靜的敏鋭覺知。例如李白〈廬山東林寺夜懷〉一詩云：

> 我尋青蓮宇，獨往謝城闕，霜清東林鐘，水白虎溪月，
> 天香生虛空，天樂鳴不歇，宴坐寂不動，大千入毫髮，
> 湛然冥真心，曠劫斷出沒。（《全唐詩》卷一八二）

這首詩中的「宴坐寂不動，大千入毫髮」與末聯「湛然冥真心，曠劫斷出沒」是典型的超越時空的語言。《楞嚴經》云：「不動道場，於一毛端遍能含受十方國土。」《維摩詰經・不思議品》云：「若菩薩住是解脱者，以須彌之高廣內芥子中，無所增減。」日人平野顯照認為：「這種圓熟的境界不能不說

是李白超乎尋常的佛教知識表現。」[35]不管是真實的體驗，或僅是佛教知識的認知，李白此詩肯定參禪者能超時空，斷出沒。

王維是唐人中以禪為生活重心的文士之一，其〈夏日過青龍寺謁操禪師〉云：

> 龍鍾一老翁，徐步謁禪宮，欲問義心義，遙知空病空。
> 山河天眼裡，世界法身中，莫怪銷炎熱，能生大地風。
> （《全唐詩》卷一二六）

此詩中「天眼」指天眼通，是上節考述的六神通之一，修禪者可由禪定而得。相傳佛十大弟子之一的阿那律即為「天眼第一」，《維摩詰經・弟子品》亦載維摩詰居士問阿那律天眼所見為何。王維此詩中「山河天眼裡，世界法身中」也是通過禪觀下的超時空概念。王維對趺坐禪寂下的觀照力是相當肯定的，他在〈青龍寺曇壁上人兄院集〉一詩序中曾明白指出曇壁上人「大開」、「蔭中明，徹物外」，雖深居僧坊，能傍俯人里，「不起而游覽，不風而清涼」，視野迥絕，聽動入微[36]，也是禪者宴坐能超大千的見證。

唐人宴坐詩多表現這種時空觀照，並且在這種超越中顯出靜寂下的繽紛萬象。如耿湋〈贈隱公〉云：「世間無近遠，

---

[35] 見平野顯照《唐代的文學與佛教》，頁一四八，業強出版社，民七十六年版。

[36] 請參考本書第四章〈從禪悟的角度看王維自然詩中空寂的美感經驗〉。

定裡偏曾過。」（《全唐詩》卷二六八）〈題莊上人房〉云：「不語焚香坐，心知道已成，流年衰此世，定力見他生。……」（《全唐詩》卷二六八）二詩顯見出入前世今生，遍世界遠近的超時空能力。白居易〈愛詠詩〉云：「坐倚繩床閑自念，前生應是一詩僧。」（《白居易集箋校》卷二三）〈自解〉云：「我亦定中觀宿命，多生債負是歌詩。」（卷三五）這些都是唐人肯定宴坐中的定力能通宿命，超時空。

由於時空的視界寬曠無邊，精微超妙，因此宴坐中的詩境便能出入有無、虛實、動靜，一面寫出虛靜幽謐的寂寥意，一面又顯出松風、竹聲、花落、鳥鳴的紛紜萬有。例如劉滄〈秋夕山齋即事〉：

> 衡門無事閉蒼苔，籬下蕭疏野菊開，半夜秋風江色動，滿山寒葉雨聲來，雁飛關塞霜初落，書寄鄉閭人未迴，獨坐高窗此時節，一彈瑤瑟自成哀。（《全唐詩》卷五八六）

又〈贈天台隱者〉：

> 靜者多依猿鳥叢，衡門野色四郊通，天開宿霧海生日，水泛落花山有風，迴望一巢懸木末，獨尋危石坐巖中，看書飲酒餘無事，自樂樵漁狎釣翁。（卷五八六）

劉滄筆下的「靜者」即王維所謂「山中習靜觀朝槿」（《王摩詰全集》卷十〈積雨輞川莊作〉）之類的靜者，也是〈同比部楊員外十五夜游有懷靜集季〉（卷六）所稱的「靜者」之流，這是唐人詩中對隱居山中，參禪悟道者的稱謂。靜者在山中，宴坐之餘，衡門無事，處幽深迥絕之境，山色紛呈縟現，反而顯出落花流水的千姿萬態來。齊己詩亦多宴坐體驗禪靜之作，其〈竹裡作六韻〉云：

> 我來深處坐，剩覺有吟思，忽似瀟湘岸，欲生風雨時，泠煙濛古屋，乾籜墮秋墀，徑熟因頻入，身閑得偏欹，踏多鞭節損，題亂粉痕隳，猶見前山疊，微茫隔短籬。（《全唐詩》卷八三九）

〈山中寄凝密大師兄弟〉云：

> 一爐薪盡室空然，萬象何妨在眼前，時有興來還覓句，已無心去即安禪。山門影落秋風樹，水國光凝夕照天，借問荀家兄弟內，八龍頭角讓誰先。（卷八四四）

深處獨坐的寂靜中，瀟湘岸邊生風雨，秋墀階上落乾籜，這種萬象森森的體會，是透過「空然」而出的。唐人此類詩列舉不盡，貫休〈中秋十五夜月〉有云：「靜入萬家危露滴，清埋眾象鬥鴻孤，坐來惟覺情無極，何況三湘與五湖。」（《全唐詩》卷八三六）正表達出禪者這種清靜萬有的超越能力。空裡的繽紛是禪修內證的經驗，王維詩最能證明，其〈過福禪師蘭若〉云：「欲知禪坐久，行路長春芳」，〈黎拾遺昕裴迪見過秋夜對雨之作〉云：「寒燈坐高館，秋雨聞疏鐘。」〈登辨覺寺〉云：「軟草承趺坐，長松響梵聲」等等，靜極中的春芳、秋雨、疏鐘、松響，驗證了《六祖壇經・般若品》所云：「世界虛空，能含萬物色象」，筆者對王維詩空寂萬有之美有耑文討論[37]，此不贅述。

㈢揭示禪法，形成禪觀人生

有些宴坐詩中直接揭示禪法，讀者可以參驗自己的禪修體會；有些宴坐詩則寄寓人世觀感，而這些觀感也都是通過佛教思想而來的人世態度，這些都是唐人宴坐詩中重要內涵。如皎然〈酬秦系山人題贈〉云：

> 雲林出空鳥未歸，松吹時飄雨浴衣，石語花愁徒自詫，吾心見境盡為非。（《全唐詩》卷八一六）

又〈答豆盧次方〉云：

> ……獨坐楚山碧，高月當清冥，禪心正寂歷，增波徒相駭。……（《全唐詩》卷八一五）

皎然二詩揭示靜坐下的「寂歷」，但他提醒「心見境為非」，吾人心中所見，不管歷任何境界，皆為虛妄，這當中正是禪法所在。前考達摩「壁觀」便是凝心堅住，不隨外緣，攀外境，所以禪者以「觀心、治心、直心」為行持[38]，讓意識層

---

[37] 同上。

[38] 見周中一《禪話》，頁一二五～一四八，東大圖書公司，民六十七

及潛意識層的心識作用都停息，到真心開展，即為見性。皎然在此也表示心識作用所見之境為非。又如賈島〈夜坐〉詩云：

> 蟋蟀漸多秋不淺，蟾蜍已沒夜應深，三更兩鬢幾枝雪，一念雙峰四祖心。（《全唐詩》卷五七四）

詩中賈島顯然揭示他的禪法是雙峰禪（參考本章第一小節所考），讀其〈夜坐〉便明其禪法源脈。劉禹錫〈宿誠禪師山房題贈二首〉之二云：

> 不出孤峰上，人間四十秋，視身如傳舍，閱世似東流，法為因緣立，心從次第修，中宵問真偈，有住是吾憂。（《全唐詩》卷三五七）

劉禹錫顯然也在討論「無住生心」的因緣次第。

有些禪修者則混合著道教入定的方法或道家隱几坐忘的方式，如呂岩〈入定〉云：

> 閉目藏真神思凝，杳冥中裡見吾宗，無邊畔，迴朦朧，玄景觀來覺盡空。（《全唐詩》卷八五九）

白居易〈睡起晏坐〉云：

年版。

> 後亭晝眠足，起坐春景暮，新覺眼猶昏，無思心正住。淡寂歸一性，虛閑遺萬慮，了然此時心，無物可譬喻。本是無有鄉，亦名不用處，行禪與坐忘，同歸無異路。（《白居易集箋校》卷七）

呂岩為道人，神思杳凝也應屬道者的打坐，白居易則明白指出行禪與道家之坐忘無異，目標是「無有鄉」（道家），也是「不用處」（佛家）。唐人三教融合，道之靜坐與禪之靜坐因而也常混用。

禪者宴坐為求清寂，因此也帶著佛教色彩看人世塵俗，形成淨土與紅塵、靈源與凡囂、出塵與入世之間的對比觀照，在一心求禪之下，常有厭棄塵俗的觀點。如陳子昂〈酬暉上人秋夜獨坐山亭有贈〉云：

> 鐘梵經行罷，香床坐入禪。……寧知人生裡，疲病苦攀緣。（《全唐詩》卷八三）

戴叔倫〈暉上人獨坐亭〉云：

> 蕭條心境外，兀坐獨參禪。……去住渾無跡，青山謝世緣。（《全唐詩》卷二七三）

白居易〈歲暮〉云：

> ……中心一調伏，外累盡空虛。名宦意已矣，林泉計何

如?……(《白居易集箋校》卷七)

王維〈秋夜獨坐〉云:

獨坐悲雙鬢,空堂欲二更,雨中山果落,燈下草蟲鳴,……欲知除老病,唯有學無生。(《全唐詩》卷一二六)

張籍〈和陵司業習靜寄所知〉云:

幽室獨焚香,清晨下未央。……逍遙無別事,不似在班行。(《全唐詩》卷三八四)

嚴維〈春和獨孤中丞遊雲門寺〉云:

絕壑開花界,耶溪極上源,光輝三獨坐,登陟五雲門。……歸來還撫俗,諸老暮攀轅。(《全唐詩》卷二六三)

以上諸例可以看出求禪者對息謝塵緣之苦的渴望,人生名宦、老病、轅行等塵勞正是禪者欲除之病。這仍是循出離塵染而來的禪觀。

㈣結合詩藝,導致詩禪合轍

宴坐詩之作者不是文士便是詩僧,習染詩業,對詩歌創作愛而不捨,因此即便是習禪求淨,求一塵不染,卻也不離詩魔之擾,發為詩興,因而行禪與坐吟合一,禪境與詩境融攝，漸成以禪論詩或以詩入禪等詩禪合轍的現象。白居易〈閒吟〉詩云：「自從苦學空門法，銷盡平生種種心，唯有詩魔降未得，每逢風月一閒吟。」（《白居易集箋校》卷十六）正是這種求禪定又不捨詩歌的心聲，詩禪二者，相妨或相成往往見仁見智。齊己〈寄酬高輦推官〉云：

> 道自閑機長，詩從靜境生。（《全唐詩》卷八四二）

〈逢詩僧〉云：

> 禪玄無可並，詩妙有何評。（《全唐詩》卷八四二）

齊己顯然認為詩禪相成，並不相礙，禪玄之下，閑心靜境，正是詩妙之時，因此他往往也能禪外求詩，詩禪諧樂，譬如〈清夜作〉云：「坐聞風露滴，吟覺骨毛涼。」（《全唐詩》卷八四二）〈喻吟〉詩云：「吟疲即坐禪」。〈自題〉題云：「禪外求詩妙」。〈山中寄凝密大師兄弟〉云：「時有興來還覓句，已無心去即安禪。」（同上，卷八四二）齊己的詩禪合轍觀可見一斑。

李山甫也喜歡在宴坐時成詩，其〈禪林寺作寄劉書記〉云：

> 坐近松風骨自寒，茅齋直拶白雲邊。……今朝林下忘言說，強把新詩寄謫仙。（《全唐詩》卷六四三）

〈夜吟〉詩云：

> 除卻閑吟外，人間事事慵，更深成一句，月冷上孤峰，窮理多瞑目，含毫靜倚松，終篇渾不寐，危坐到晨鐘。（同上）

唐人宴坐詩中，詩禪並提的作品頗多，除以上所舉諸例外，貫休、孟郊、姚合、皎然、嚴維、雍陶等等，不乏詩例。貫休〈寄懷楚和尚〉云：「吟坐雪濛濛」（《全唐詩》卷八三一）、〈懷四明亮公〉云：「坐侵天井黑，吟久海霞薦」（卷八二九）、〈思匡山賈匡〉云：「覓句唯頑坐，嚴霜打不知」（卷八二九）。賈島〈偷詩〉云：「繩床獨坐翁，默覽有所傳」（卷三七四）。姚合〈酬李廓精舍南臺望月見寄〉云：「看月空門裡，詩家境有餘」（卷五〇一）。皎然〈戛銅為龍吟歌〉：「坐來吟盡空江碧，卻尋向者聽無跡」（卷八二一）。嚴維〈酬普選二上人期相會見寄〉云：「寧知塵外意，定後便成吟」（卷二六三）等等。詩禪合轍在有唐一代已有多面向的交融方式，筆者有專文討論[39]，此處不再贅述。

以上四類型內涵是唐代宴坐詩中常見的內容，足見唐人參禪習靜，已開展了林下風流，對中國文藝美學與詩歌藝術的影響深遠，近人如李淼、張伯偉、葛兆光等，已有多位學者對此提出論見[40]。針對禪坐對詩歌藝術的影響，我們將於

---

[39] 請參考拙文〈論詩禪交涉——以唐詩為考索重心〉，臺大《佛學研究中心學報》第一期，收於本書第一章。

[40] 李淼有《禪宗與中國古代詩歌藝術》分從「詩為禪客添花錦」、「禪

以下進一步討論。

四、唐人宴坐詩的美學意義

中國詩歌的美學歷史大抵以「意象」批評法為主，早在《周易・繫辭上》即云：「書不盡言，言不盡意，立象以寄意。」《文心雕龍・神思》云：「獨造之匠，窺意象而運斤。」後來南朝佛教興盛，佛經用語流行，佛家所說的「境界」攀緣，影響王昌齡《詩格》、司空圖《詩品》等，又形成詩歌「意境」說，因此品賞詩歌美學，宜從「語言—意象—境界」的路徑觀察起。本節論唐人宴坐詩之美學意義亦從此三個面向加以討論。

唐人的宴坐詩在語言傾向上，一方面明顯有佛教術語化的現象，一方面多用象徵設譬。禪者寂歷諸境，發為禪語，自然多禪宗術語，如伏牛、定猿、入定、雙峰禪、五門禪、曹溪、六祖等等與禪相關的語言。且禪境擬議不得，見性更是「說是一物即不中」（《傳燈錄》懷讓語），往往要「繞路說禪」（《碧岩錄》卷一），因此多用象徵譬喻的方式。以下數詩可以略窺宴坐詩用術語的情形：

是詩家切玉刀」、「禪為詩學譜新章」等，討論禪對詩的貢獻，麗文文化出版社，民八十二年版。葛兆光《禪宗與中國文化》專論禪宗與中國士大夫的藝術思維。黃河濤《禪與中國藝術精神的嬗變》討論禪宗的藝術精神，北京商務印書館，一九九四年版。張伯偉《禪與詩學》則專論禪與詩話之間，浙江人民出版社，一九九二年版。凡此詩、禪、藝術精神之論，近十年來已廣受大陸學者重視，問世書籍頗多，此不贅舉。

○衆音徒起滅，心在淨中觀。（《全唐詩》卷三五七　劉禹錫〈宿誠禪師山房題贈二首〉之一）

○端坐念真相，此便是如來。（《王梵志詩校輯・照面不用鏡》）

○累劫從初地，為童憶聚沙。（《全唐詩》卷一六〇　孟浩然〈登總持寺浮屠〉）

○一坐度小劫，觀空天地間。（《全唐詩》卷一七九　李白〈同族侄評事黯游昌禪師山池〉）

○結宇題三藏，焚香老一峰。（《全唐詩》卷二〇一　岑參〈題雲際南峰眼上人讀經堂〉）

○入定幾時將出定，不知巢燕污袈裟。（《全唐詩》卷二六〇　秦系〈題僧明惠房〉）

○禪心三界外，宴坐天地中。（《全唐詩》卷三八〇　孟郊〈夏日謁智遠禪師〉）

聲音的「起滅」、「心念」的攀緣、不來不去的「如來」自性、「初地」菩薩、童子「聚沙」、「累劫」時間、「三藏」等等，此類術語列舉不盡，這是佛教禪語增益唐詩語彙之一斑。

此外，宴坐詩中的象徵語也是禪語機趣運用於詩語的表現。陳子昂〈酬暉上人秋夜獨坐山亭有贈〉云：「水月心方寂，雲霞思獨玄。」（《全唐詩》卷八四）以「水月」、「雲霞」象徵暉上人宴坐之境界。李頎〈題璇公山池〉以「指揮如意天花落，坐臥閑房春草深」（《全唐詩》卷一三四）暗用「雨花」之典來讚美璇公修持。李白〈同族侄評事黯游昌禪師山池〉也用「花將色不染，水與心俱閑」（《全唐詩》卷一七九）來比擬禪境。釋德誠〈船居寓意〉云：

> 千尺絲綸直下垂，一波才動萬波隨。夜靜水寒魚不食，滿船空載月明歸。

此詩表面寫船居垂釣，實際上全寓禪機。一念單提，萬波緣泛，「不食」者禪定，載「月」者見性，完全是內在禪境的寓喻。《五燈會元》卷五載船子和尚與夾山會的一段對話，夾山會云：「垂絲千尺，意在深潭」，與此詩如出一轍，宴坐詩中的象徵語由之可見。

在意象方面，宴坐詩多取景山林，題材走向自然化，因此意象的擇取也多取諸自然山水，比較集中出現的意象有松風、竹林、溪泉、水月、磐石、落花、猿鳥、花香、白雲等。特別是對聲音的意象，有深入的體驗與創發。李白〈同族侄評事黯游昌禪師山池〉云：

> 遠公愛康樂，為我開禪關，蕭然松石下，何異清涼山。花將色不染，水與心俱閑，一坐度小劫，觀空天地間。（《全唐詩》卷一七九）

李白以遠公喻昌禪師，以康樂自喻，感謝禪師為他開禪關，詩中用「松」、「石」、「花色」，表達禪者心靈感悟的境界與靜坐的場所。多數的宴坐多在林下、松間、磐石上，李白此詩云坐松石如菩薩住清涼山（《華嚴經・菩薩住處品》），花色不染，即象喻心念盡除（《維摩詰經・觀眾生品》）。皇甫曾

〈題贈吳門邕上人〉詩云：

> 春山唯一室，獨坐草萋萋，身寂心成道，花開鳥自啼。
> 細泉松徑里，返景竹木西，晚與門人別，依依出虎溪。
> （《全唐詩》卷二一〇）

此詩中亦用花開、鳥鳴、細泉、松徑、竹林等意象來映顯春山幽寂之境，特別是花色與鳥喧，所不能動的禪寂。這正是宴坐詩常用此意象的原因。如白居易〈題贈定光上人〉云：「春花與秋氣，不感無情人。」（《全唐詩》卷四三二）施肩吾〈題禪僧院〉云：「谷鳥自啼猿自叫，不能愁得定中人」（《全唐詩》卷四九四），皎然〈同李著作題塵外上人院〉亦云：「從遣鳥喧心不動，任教香醉境常冥。」詩人在詩中運用鳥喧花香不僅僅是外在自然景物的描繪而已，往往是內在勝境的映顯。再如喻鳧〈題弘濟寺不出院僧〉云：

> 楚鞋應此世，祇遶砌苔休，色相栽花視，身心坐石修。
> 聲寒通節院，城黑見烽樓，欲取閑雲並，閑雲有去留。
> （《全唐詩》卷五四三）

薛能〈秋夜山中述事〉云：

> 初宵門未掩，獨坐對霜空，極目故鄉月，滿溪寒草風，
> 樵聲當嶺上，僧語在雲中。……（《全唐詩》卷五六一）

陸龜蒙〈寒夜同襲美訪北禪院寂上人〉云：

> ……鳥在寒枝棲影動，人衣古堞坐禪深，明時尚阻青雲步，半夜猶追白石吟。……（《全唐詩》卷六二四）

貫休〈題簡禪師院〉云：

> 機忘室亦空，靜與沃洲同，唯有半庭竹，能生竟日風，思山海月上，出定印香終，繼後傳衣者，還須立雪中。（《全唐詩》卷八二九）

這些作品中的庭竹、坐石、巖嶺都是宴坐場所的象徵，松風、白雲、水月都是禪心的代表，花色、猿啼、鳥啼、水波都是心境的映襯與象喻。以「月」來說，滄浩〈題慧山泉〉云：「安禪何所問，孤月在中央。」（《全唐詩》卷八五一）韋應物〈寄皎然上人〉云：「想茲棲禪夜，見月東峰初。」（卷一八八）白居易〈松聲〉云：「月好好獨坐，雙松在前軒。」（卷一〇五一）貫休〈道情偈〉云：「獨坐松根石頭上，四溟無限月輪孤。」花、月、白雲在佛教都有特殊的譬喻，指月見性、白蓮淨土、一片白雲橫谷口等等，都是佛典與禪語錄中經常出現的喻詞，唐人宴坐入詩，其寓意深杳，意象的創發饒富趣味，這都是值得再深入的材料。

宴坐詩對色空世界的觀察入微，對耳根聽動的體驗尤顯精妙，許多宴坐詩多提到聲音，如喻鳧〈晚思〉云：「獨坐正無言，孤莊一聲杵。」（《全唐詩》卷五四三）齊己〈夜坐〉

云：「百蟲聲裡坐，夜色共冥冥。」（卷八三八）裴說〈不出院僧〉云：「塔見移來影，鐘聞過去聲」（卷七三一）等等。禪者本欲去六根塵染，尤其是耳根所對的「聲」塵（六塵之一)，觀世音菩薩即因耳根圓通證道（《楞嚴經・耳根圓通章》)，因此宴坐詩對此聽動入微的體驗有其觀照與對治，如劉禹錫〈宿誠禪師山房題贈〉云：

> 宴坐白雲端，清江直下看，來人望金剎，講席繞香壇，虎嘯夜林動，鼉鳴秋澗寒，眾音徒起滅，心在靜中觀。（《全唐詩》卷三五七）

韋應物〈詠聲〉云：

> 萬物自生聽，太空恆寂寥，還從靜中起，卻向靜中消。（《全唐詩》卷一九三）

又〈聽嘉陵江水聲寄深上人〉云：

> ……水性自云靜，石中本無聲，如何兩相激，雷轉空山驚。……（《全唐詩》卷一八七）

禪客詩人對眾音的起滅，唯在心中靜觀，任其生滅，還歸寂寥，這也就是柳宗元〈禪堂〉詩所云：「萬籟俱緣生，窅然喧中寂。」（《全唐詩》卷三五三）唯六塵不染，才能根性深篤。《楞伽經・廣明八識》云：「宴坐山林，下中上修，能見自心妄想流注。」人因心識所趣，「作種種類想」，「譬如眾色如意寶珠，普現一切諸佛剎土。」因此「一切法如幻、如夢、光影、水月」，禪者於一切應「離生滅斷常」[41]。這也正是宴坐詩大量擇取花色萬象與音聲眾喧等意象的原因，宴坐詩粹取山林意象寫內境外景，對唐詩意象內涵之創發上頗具意義。

關於境界方面，一般論禪宗對詩歌藝術的貢獻多指向「平淡幽遠」、「主體精神」、「內在勝境」、「二元世界的消泯」等[42]，筆者曾以「空寂」的美感經驗論王維詩[43]，不管主體內在勝境，或心物二元世界的融合，與「空寂—萬有」之美其實是同一意涵，宴坐詩在開拓唐詩境界與美感上也可循此而論。

葉朗《中國美學的發端》指出：「唐代美學中『境』這個範疇是唐代審美意識的理論結晶。」[44]因此，我們可以說「意境」之開創是唐詩創作之美感經驗的主要成就。王昌齡《詩格》、皎然《詩式》與司空圖《詩品》所論，均以「意境」為上乘。《詩格》云：「夫置意作詩，即須凝心，目擊其物，

---

[41] 參見釋普行著《楞伽經今文譯註》，頁六六、一二五等，中華學術院，民七十年版。

[42] 李淼《禪宗與中國古代詩歌藝術》，頁一六一～一六八，認為禪趣詩「取景獨具隻眼」、「卓絕地表現平向的深遠」、「絕議論而窮思維的無我表現」。周裕鍇《中國禪宗與詩歌》，頁一〇四～二六二，認為以禪入詩產生「題材山林化」與「意向哲理化」。「趣味平淡化」，形成「空靈的意境追求」。胡曉明《中國詩學之精神》，頁五七～六七指出中國詩歌受禪影響，在意境上形成「經驗世界之心靈化」（江西人民出版社，一九九三年版）等等。

[43] 同註[36]。

[44] 見葉朗《中國美學的發端》，頁一一，金楓出版社，民七十六年版。

便以心擊之，深穿其境。」《詩式》云：「取境之時，須至難至險，始見奇句，成篇之後，觀其氣貌，有似等閒，不思而得，此高手也。」司空圖《詩品》則提出「思與境偕」的主客體契合方式。近人多已肯定唐人「意境」說與禪佛之「境界」論關係匪淺。《法苑珠林》卷八云：「諸天種種境界，悉皆殊妙。」《壇經》亦云：「悟無念法者，具諸佛境界。」「境」是人心六根游履色塵世界之六塵而成者，唐僧法寶《俱舍論疏》卷二云：「有見聞等游履功能名為境界。」禪者因內在自我的體驗，而游履攀緣，經驗萬端諸境。宴坐詩集中表達禪者參禪的經驗，因而也容易體現定境與塵境。

《成唯識論》卷五云：「云何為定，於所觀境，會心專注不散為性。」智顗《修習止觀坐禪法要》「正修行第六」云：「所言境者，謂六塵境。」宗密《禪源諸詮集都序》云：「心不孤起，托境方生，境不自生，由心故現，心空即境謝，境滅即心空。」從各種禪法次第中都可以看出其入「空」的目標與「萬境」之間的即離。梁肅〈心印銘〉云：「心遷境遷，心曠境曠，物無定心，心無定象。」李華〈潤州鶴林寺故徑山大師碑銘〉云：「境因心寂，道與人隨。」都說明了這種「空寂」「心曠」與「萬境」之一體兩面。禪者宴坐，擺脫羈鞅，超越概念，即為了體證空寂之美，而此空寂又是物我同一，活潑萬有的。此即太虛大師論〈唐代禪宗與現代思潮〉時所指的：「空谷寒巖，活潑潑水流花放；名場利市，冷湫湫潭淨月明。」[45]也就是皎然〈禪思〉詩所謂：「空何妨

[45] 見太虛大師〈唐代禪宗與現代思潮〉一文，收於《禪學論文集》，頁二七八〇，大乘文化出版社，民六十七年版。

色在，妙豈廢身存，寂滅本非寂，喧嘩曾未喧。」（《全唐詩》卷八二〇）唐人宴坐詩在意境的開創上，多數正展現了這種物我泯合，心境杳迴的空寂之美，客體自然景物之清幽平遠與主體內在沖淡空寂的韻致和諧無間。例如：

○孤館門開對碧岑，竹窗燈下聽猿吟，巴山夜雨別離夢，秦塞舊山迢滯心，滿地莓苔生近水，幾株楊柳自成蔭，空思知己隔雲嶺，鄉路獨歸春草深。（《全唐詩》卷五八六　劉滄〈宿蒼谿館〉）

○閉門無事後，此地即山中，但覺鳥聲異，不知人境同，晚花開為雨，殘果落因風，獨坐還吟酌，詩成酒已空。（卷五一八　雍陶〈和劉補闕秋園寓興六首〉之二）

○人中林下現，名自有閑忙，建業紅塵熱，棲霞白石涼，倚身檉几穩，灑面瀑流香，不似高齋裡，花連竹影長。（卷八三九　齊己〈夏日西霞寺書懷寄張逸人〉）

○林下高眠起，相招得句時，開門流水入，靜話鷺鷥知，每許題成晚，多嫌雪阻期，西齋坐來久，風竹撼疏籬。（卷八三九　齊己〈次韻酬鄭谷郎中〉）

○百蟲聲裡坐，夜色共冥冥，遠憶諸峰頂，曾栖此性靈，月華澄有象，詩思在無形，徹曙都忘寢，虛窗日照經。（卷八三六　齊己〈夜坐〉）

○幽居少人事，三徑草不開，隱几虛室靜，閑雲入坐來。……寶月當秋空，高潔無纖埃，心滅百慮滅，詩成萬象回。……（卷六四三　李山甫〈山中依韻答劉書記

見贈〉）

○千巖萬壑路傾欹，松檜濛濛獨掩扉，斸藥童穿溪礡去，採花蜂冒曉煙歸，閑行放意尋流水，靜坐支頤到落暉。……（卷八三七　貫休〈山居〉之十五）

○閑齋深夜靜，獨坐又閑行，蜜樹月籠影，疏籬水隔聲，斷猿時叫谷，棲鳥每搖檉，寂寞求名士，誰知此夕情。（卷四九八　姚合〈夏夜〉）

以上隨意撮舉數例，見唐人林下風流宴坐冥思所顯出的空寂境界。此類詩作不勝枚舉，諸例中可以看出共同的傾向多走向「孤館」、「閑門」、「林下」、「巖棲」、「齋坐」、「幽居」等等，且詩中多著「幽」、「閑」、「無事」、「虛」、「靜」、「空」等字眼，顯出趣寂求靜悟空的路向。即以一「空」字來看，便不知幾何，劉滄「雁歸沙渚夕陽空」（〈題龍門僧房〉）、宋之問「空山唯習靜，中夜寂無喧」（〈宿清遠峽山寺〉）、張說「澄江明月內，應是色成空」（〈江中誦經〉）、「空山寂歷道心生」（〈灉湖山寺〉）、孟浩然「空香逐落花」（〈登總持寺浮屠〉）……等等。而這些泛顯空寂境界的詩作中，往往也使用「猿吟」、「夜雨」、「柳陰」、「鳥鳴」、「花開」、「果落」、「水流」、「月澄」……，顯出大自然中活活潑潑的生機，這正是「空寂一萬有」之美，也是《六祖壇經・般若品》所云：「世界虛空，能含萬物色象，日月星宿，山河大地，泉源溪澗，草木叢林……總在空中。」

李淼《禪宗與中國古代詩歌藝術》指出禪對詩趣的影響特色有三：一是富有無窮意蘊，二是富於含蓄性，三是神秘性，因此產生深層的境界創構，意味含蓄無窮，如嚴羽所說的「空中之音，相中之色，水中之月，鏡中之象」，而有神奇幽祕，思致微渺，悠遠空靈的表現[46]，以李淼之說視宴坐諸詩卻也貼切吻合。唐人宴坐多走向山林，取幽峭、深曠、疏野之景，或幽泉碧澗，或朝暉夕月，或竹風花影，或野鳥鳴禽，或坐石或閑行，卓絕地表現出以禪語、禪思、禪境入詩的空寂美感來。齊己〈溪齋〉詩云：「道妙言何強，詩玄論甚難。」（《全唐詩》卷八三九）禪之空與詩之寂本難言宣，其清脩可感唯待會心者自悟。

五、結　語

詩禪相通而難言其妙，宴坐者會心融貫，以禪法入詩法，以詩境現禪境，貫休〈早秋夜坐〉云：「髮豈無端白，詩須出世清。」（《全唐詩》卷八三五）詩家以禪修出世之法攝入清景妙境，禪客用冥心嘉唱，傳宴坐文風，李山甫〈山中答劉書記寓懷〉云：「窮搜萬籟息，危坐千峰靜，林僧繼嘉唱，風前亦為幸。」（《全唐詩》卷六四三）便是此謂。透過唐人宴坐詩可以看出詩禪交融之底蘊。宴坐詩對唐詩語言、意象、境界的貢獻是可以肯定的。

唐戴叔倫〈送道虔上人遊方〉詩云：「律儀通外學，詩思入禪關。煙景隨緣到，風姿與道閑。」（《全唐詩》卷二七三）宋蘇軾也說：「暫借好詩消永夜，每至佳處輒參禪。」

---

[46] 見李淼《禪宗與中國古代詩歌藝術》，頁一五八～一六〇，麗文文化出版社，民八十二年版。

（《蘇軾詩集》卷三〇〈夜直玉堂攜李之儀端叔詩百餘首讀至夜半書其後〉）又說：「欲令詩語妙，不厭空且靜。靜故了群動，空故納萬境。」（卷一七〈送參寥師〉）其〈大悲閣記〉也說：「及吾燕坐寂然，心念凝默，湛然如大明鏡，人鬼鳥獸雜陳乎吾前，色聲香味交遘乎吾體，心雖不起而物無不接。」（《蘇軾詩集》卷四〇）由之可以看出宴坐參禪之法，對詩歌的助益，本文同時也可以看出宋代以禪論詩的前導。

第三章　論王維宦隱與大乘般若空性的關係

一、前　言

本文之主旨在解析王維亦宦亦隱的作風與佛家「空」性思想的關係，並揭開王維高度詩質與詩藝的神秘面紗。王維的人格與詩格其實是一貫承接，並非矛盾兩立的，許多世間視為矛盾兩立的現象，在佛家空性的世界中其實是圓融一味，中道和諧的，這是本文立論的中心。

王維（七〇一～七六一）生活在唐代鼎盛時期，也是中國佛教發展最興盛、最輝煌的時期，堪稱我國佛教的「黃金時代」。他工詩善畫，精通音律，是我國歷史上傑出的自然詩人、文人畫始祖，同時還是一位虔誠的佛教徒。他自幼隨母吃齋奉佛，坐禪誦經；走上仕途生活後，仍舊精進奉佛，「退朝之後，焚香獨坐，以禪誦為事」（見《舊唐書》本傳），後人尊稱他為「詩佛」。他的山水田園諸作，細緻入微地描繪大自然之美，意境和諧，蘊含豐富，在藝術及內涵上都有獨到之處，故宋朝蘇軾曾稱讚他「詩中有畫」、「畫中有詩」。

以詩佛的人格及藝術，應該是白璧無瑕，古今少有的，然而後人每每對他的人格略有微詞，「鬱輪袍」案及安史亂被迫偽署等事，一直是後人指為白圭之玷的地方，因而近人多以王維人格怯懦矛盾立論❶，多年來我讀王維詩及傳記，常為此感到疑悶，以王維晶瑩剔透的詩境，所泛顯出的空靈思致，人格應該是高潔無瑕的，然於事跡始終又找不出合理的解釋，可以證明王維非怯懦之輩，而且淄則不涅，涅則不淄，何以王維能仕隱兼得而不相礙地成就其超卓的藝境？這是我一直不解的地方。近年來我的生活稍涉佛理，對主導中國文學藝術相當深遠的禪宗略有所知，因而對「詩佛」的內涵有進一步的領悟，回頭再看許多論王維得失的分歧之見，便壑然曉悟。迷與悟之間雖一線之隔，然相距不啻千里，王維的人格與思想確有一番努力的進程，惟有從修持佛法及佛學思想的內涵，才能略窺禪心，確切地解析出詩佛的人格與境界。本文嘗試以王維學佛的路徑及王維詩中的道心來解釋王維「宦隱」（亦仕亦隱）與大乘般若之間的關係，期盼能為王維的「怯懦矛盾」找出合理的答案。

二、關於王維的宦隱及前人的非議

「宦隱」一詞創見於劉維崇《王維評傳》，劉氏說：

---

❶ 關於王維之人格論者極多，其中葉慶炳《中國文學史》、柯慶明〈試論王維詩中的世界〉及楊文雄《詩佛王維研究》等文都以「怯懦矛盾」論之。其中柯先生〈試論王維詩中的世界〉一文純以詩文內在心理意識為軸，勾勒出王維「連續在人世之追求與自然之嚮往兩極間的一條長長的橫線」及其「各種程度不同的掙扎」「不同的矛盾」（見《文學美綜論》，頁三四七，長安出版社，民七十五年版），此文分析敏銳細密，有精到入微之見，但如就禪理分析，其間的矛盾反而是證道的助力。其他尚有相關非議見本章第二小節中詳論。

> 他既如此好佛，但為什麼不出家呢？那是因他早年尊崇儒家，深受孔孟的影響。因而他的思想，走向「官隱」的路子，什麼是「官隱」呢？「官隱」就是他在讚佛文中所稱：「身在百官之中，心超十地之上。」（「十地」是佛家語，《華嚴經》載稱「大乘菩薩之十地」）❷

劉氏指出王維「不主張棄絕人群而隱居在山林，對國家對社會不聞不問」的特性，但是他認為這是王維早年崇儒的影響，這點倒不能切合王維的精神，我們在論宦隱與大乘般若空性時會詳細說明。

與劉維崇看法相似，能指出王維亦官亦隱的現象者不乏其人，但多半不能了解個中滋味，反而一味指責王維「世故」、「怯懦」、「雙重性格」等，即有少數能以禪道解，也認為王維偏向小乘禪，即使對佛教有相當認識，以研究佛教與文學之關係為務者如孫昌武、陳允吉等，也不免對王維產生誤解。常人對王維之誤解或許緣於對佛義的不了解，孫、陳等人的誤解卻關係到禪宗「性空」的理解，把「空」義解為離相色空的偏空概念，並非佛家圓融中道的「空」，這對王維之宦隱與詩文都不能合理解釋，以下將前人的非議條舉臚列：

> 1.（王維）夙慧、穎悟、溫和而沉默（似乎稍帶「世故」），雖「晚知清淨理，日與人群疏」，卻為官終生。（見吳可道《空靈的腳步》，頁六〇，楓城出版社，民

❷ 見劉書，頁一四六，正中書局，民六十一年版。

七十一年版)

2. 他(王維)不願巧諂以自進,又不乾脆離去,他不甘同流合污,但又極力避免政治上的實際衝突,把自己裝點成不官不隱,亦官亦隱的「高人」,保持與統治者不即不離的關係,始終為統治者所不忍棄。這些,我們不應只看作為佛學對他的壞影響,相反,他的學佛,也應看作為他思想意識中妥協一面發展的必然結果。(見陳貽焮〈王維的政治生活和他的思想〉一文,見氏著《唐詩叢考》,頁一一六,湖南人民出版社,一九八〇年版)

3. 王維既沒有堅決徹底地辭官歸隱,也沒有心安理得地盡心任職,而是選擇了一條自認為兩全的中間道路——亦官亦隱,半官半隱,開始過著名為「身心相離」而「理事」卻不能「自如」的生活。王維並沒有真正「遺世」和「寂滅」,他的思想常處於矛盾的漩渦中。(見盧渝著《王維傳》,頁七一,山西人民出版社,一九八九年版)

4. 他從未掛冠而去,始終在朝廷作官,只是經常住在山莊、別墅,對政治採取不聞不問,敷衍應付的消極態度而已。……面對黑暗現實,王維是不滿的,他不願與邪惡勢力同流合污,又不敢與他們決裂,因此採取了亦官亦隱,全身避禍的生活方式。……形成一種得過且過,但求安逸的人生哲學。(王從仁《王維和孟浩然》,頁四〇,國文天地,民八十一年版)

5. 不管王維在他的山水詩中把自己的靈魂說得如何高

潔超俗，把自己的性格說得如何淨潔完美，人們仍然能夠在其表現的禪宗的神學思想中，在其極度美化實則是消極軟弱的處世態度中，以及最終從作者經濟地位上來揭示出它的真正實質。（陳允吉《唐音佛教辨思錄》頁三七，上海古籍出版社，一九八八年版）

6. 王維用「識心見性」的頓悟說否認了一切現實矛盾和社會弊端。禪宗的宗教思想表現在王維詩中形成一種消極避世、追求空寂的思想傾向。王維被這種宗教毒素所麻醉了，他又用詩去散布這種毒素。（孫昌武《唐代文學與佛教》，頁八九，谷風出版社，一九八七年版）

以上諸說只是隨意撮舉，已見論者對王維誤解之深，有的用詞嚴酷苛刻，對「詩佛」王維來說，完全泯滅其求道的精神意義，這是相當不公允的。從以上的撮例中，我們可以看出幾個事實：㈠一般都誤以為王維矛盾、怯懦、消極、逃避現實。㈡一般認為「高人」應該是隔絕現實，離群索居，辭官歸隱，不涉政治。這兩點正與常人對佛理的誤解，認為佛教是消極的、避世的觀點相結合，可見一般人對王維的非議都是緣於對佛教的不了解所致，想要解答王維「宦隱」的意蘊，只有從佛學內涵入手。

三、從王維學佛的路徑看王維之禪

禪家有大小二乘之說，葉嘉瑩先生以為王維所證為辟支小果❸，如以小乘辟支果的路徑解王維，對「宦隱」的意義也很難交代，以王維學佛的路徑來看，王維所參之禪當非小乘禪義。

王維學佛有名，當世及後世人都表肯定，唐苑咸說他「當代詩匠，又精禪理」（苑咸〈酬王維序〉），明胡應麟說他「卻入禪宗」（《詩藪》），清徐增說「摩詰精大雄氏之學」（《而庵詩話》），這些都指出王維與佛教有關，但王維之禪理究竟如何，卻少有人論證。我們可從三方面來看王維學禪的路徑及其大乘精神的濡染。

㈠王維學禪的源脈

佛教在漢初傳入中國，初與道佛神仙方士結合，其後經魏晉南北朝的吸收與融合，至隋唐之際已發展到顛峰狀態，不僅經譯繁複，大德輩出，新宗派與新教義亦由之紛立，到

❸ 葉嘉瑩《迦陵談詩》一書中，〈從義山嫦娥詩談起〉一文，列出王維〈竹里館〉與王靜安〈浣溪沙〉詞之比較，認為：摩詰居士所證之果，似亦只是辟支小果，去《智度論》所云「大慈與一切眾生樂，大悲拔一切眾生苦」及《法華經》所云「利益天人，度脫一切」的大乘佛法似還大有一段距離在，然而也惟其如此，所以王氏頗有「自了」「自救」的「自得」之樂。王氏是有心出世的，因此我說王氏寂寞心之因是「求仁得仁」，故其於寂寞中所感者亦少苦多樂。自前所舉〈竹里館〉詩之「獨坐幽篁裏」及「深林人不知」觀之，豈不是極寂寞的境界，而王氏偏有「彈琴復長嘯」的快樂，和「明月來相照」的欣喜。因此我說摩詰居士由寂寞心所產生之果為修道者的自得（頁一六四，三民書局，民六十年版）。葉先生頗能直指禪心，點出王維「詩佛」的精髓，但王維是否證得辟支小果，仍難定論。

唐開元天寶間，發展出十大宗派，十宗之中，成實與俱舍屬小乘，餘皆為大乘系統，其中以法相宗、天台宗、華嚴宗，以及不立文字教外別傳的禪宗為最盛❹。嚴耕望論其勢力消長及地理分佈情形為：

> 隋及唐初佛教極盛於北方，而國都長安尤為中心。唐初法相宗之宗師玄奘，華嚴宗之宗師法藏同時得勢於京都，惟天台一宗獨秀於東南，但不能與法相、華嚴抗衡也。自武后至玄宗，法相、華嚴漸衰，而神秀之北派禪宗大盛於京洛及北方。安史亂後，北禪衰微，而慧能之南派禪宗大盛於江南，融和華嚴，侵逼天台，為佛學之正宗。有唐一代，南北佛學之盛衰，於此可見。❺

由此可知玄宗時代唐代佛教仍以北派禪宗為盛，安史亂後，北禪衰微，南禪大盛於江南，王維正逢此南北禪興替的時期，其佛學應以禪宗一派為主。

細考王維學禪的路徑可以發現，王維先北禪後南禪。王維的母親崔氏曾師北宗領袖普寂三十年，王維〈請施莊為寺表〉云：

---

❹ 參考《中國佛教總論》，頁六四，呂澂〈唐代佛教〉一文，木鐸出版社，民七十二年版及湯用彤《隋唐及五代佛教史》，慧炬出版社，民七十五年版。

❺ 嚴耕望〈唐代佛教之地理分佈〉，收於張曼濤主編現代佛教學術叢刊《中國佛教史論集》中，大乘文化出版社，民六十八年版。

> 臣亡母，故博陵縣君崔氏，師事大照禪師三十餘歲，褐衣素食，持戒安禪，樂住山林，志求寂靜。(《王摩詰全集箋注》卷十七)

大照禪師即禪宗北派神秀的弟子普寂❻，神秀死後，「天下好釋者咸師事之」，唐中宗還特地下制，「令普寂代神秀統其法眾」，儼然為當時的佛教首領，王維全家都與這位佛教首領關係密切。王縉在〈東京大敬愛寺大證禪師碑〉中云：「縉嘗官登封，因學於大照」(《文苑英華》卷八六二)，王維也有〈為舜闍黎謝御題大通大照和尚塔額表〉一文(《王摩詰全集箋注》卷十七)，可見王維與北禪的淵源。

然而王維真正皈依卻是在開元十八年喪妻之後，〈大薦福寺大德道光禪師塔銘〉提到「維十年座下，俯伏受教」、「遂密授頓教，得解脫知見」(《王摩詰全集箋注》卷二五)，近人莊申據此銘推考王維受教的十年應在開元十八年到開元二十七年❼，正是亡妻的那一年開始。王維〈終南別業〉詩云：「中歲頗好道」，也與此吻合。道光禪師屬南宗禪(見前引王維塔銘「頓教」二字)，王維師事道光禪師十年，受得佛法，食斷葷血，妻亡不娶，不復纓世網。可見王維向南禪導師學解脫頓教的情形。

據近人林桂香的考定，王維在謫居濟州之前，不見與佛門釋子交往的詩篇留傳❽。去濟州途中始見〈寄崇梵僧〉之

---

❻ 見《唐書・方伎傳》及《舊唐書》卷一九一〈神秀傳〉附〈普寂傳〉。

❼ 見莊申《王維研究》上集，頁九五，萬有圖書公司，民六十年版。

❽ 見林桂香〈詩佛王維之研究〉，政大民七十二年碩論。

作，詩中也止於描寫崇梵僧寺的幽棲生活，直到開元十五年（王維二十七歲），隱於嵩山，始有〈過乘如禪師〉之作，詩中多舉佛典故實，可見王維對佛教的濡染淵源早在皈依之前，這應是母親崔氏的影響，早年佛學也應是北禪系下，後皈依道光禪師才轉習南禪。

達摩禪法入唐以後有北漸南頓之分，北宗神秀主漸悟，南宗慧能主頓悟，《六祖壇經》有「時時勤拂拭」與「本來無一物」二偈的對照，一言次第而修，一言明心見性，王維既然兼涉南北，必然可以看到兩派思想痕跡，這點我將在下節王維詩中檢證。

從王維學佛的源脈看來，王維先北宗而南宗是可以肯定的，如以王維往來的禪師來看，也可見一斑。

㈡王維來往的禪師

王維詩文記載到的禪師有北宗之普寂、義福、淨覺、慧澄、道璿、元崇；南宗之神會、道光、瑗上人、燕子龕禪師❾等。王維與普寂的淵源受母親的影響已如前述，和義福禪師的來往則見於〈過福禪師蘭若〉一詩，義福曾於藍田化感寺依止二十餘年，未嘗出宇外，王維詩云：「欲知禪坐久，行路長春芳。」可知其過往，王維另有〈遊化感寺〉一詩也足資證明❿。淨覺為神秀再傳弟子，印順導師《中國禪宗史》

---

❾ 詳見楊文雄《詩佛王維研究》，頁二一三～二二三，文史哲出版社，民七十七年版。

❿ 據林桂香〈詩佛王維之研究〉認為「福禪師」非義福，而是空寂寺大福禪師，亦神秀弟子，此別為一說。

提到淨覺「淨心」成佛的法要，以「看淨」觀一切物不可得為方便來攝心發慧[11]。王維也有攝心看淨的禪坐工夫，〈淨覺禪師碑銘〉云：「雪山童子，不顧芭蕉之身」，雪山童子用佛入雪山修行典，不顧芭蕉之身指捨「空虛之身」[12]，可見王維與北禪之關係。慧澄師與王維相識較晚，於開元二十八年，王維知南選時，這是一次在臨湍驛中，南禪神會和北禪慧澄禪師論戒定慧三學，澄禪師主張先修定後發慧，會禪師則認為定慧等，王維見其辯解，更認為「有佛法甚不可思議」，思想上南宗的痕跡漸固[13]。道璿為普寂弟子，和王維的關係見〈謁璿上人〉一詩，王維以「色空無得，不物物也」說道璿，顯見此時王維完全是南禪不著相，不物於物的般若空觀，近人楊文雄認為：「王維出入南北兩宗，似有綰合兩宗的企圖」[14]，至於元崇為道璿弟子，其與王維神交，見載於《續高僧傳》[15]，則是北禪一脈。

王維與南禪的關係雖始於依道光禪師受教時，然其南禪思想上的大省豁顯然得自神會，〈能禪師碑銘〉稱讚神會「利智逾於宿學」，顯見對神會南禪之「荷澤宗」[16]頗為心儀。王

---

[11] 見印順法師《中國禪宗史》，頁一四三，正聞出版社，民七十九年版。

[12] 見陳允吉〈雪中芭蕉寓意蠡測〉，《復旦學報》二期。

[13] 詳見楊文雄氏的考定，該書頁二一五～二一六。

[14] 同前註，頁二一七。

[15] 《續高僧傳》論及王維與道璿、元崇往來的情形云：「元崇以開元末年，因從璿禪師諮受心要，日夜匪懈。璿公乃因受深法，與崇歷上京，遂入終南。至白鹿下藍田，於輞川得右丞公維之別業，松生石上，水流松下，王公焚香靜坐，與崇相遇神交。」

[16] 參考印順導師《中國禪宗史》，正聞出版社，民七十九年七版。

維曾在開元二十八年時初遇神會問「淨」外的解脫之道，大為驚愕，嘆為：「有佛法甚不可思議。」（見《神會語錄》殘卷第一）神會發揚六祖無念、無相、無住之學，予「住心看淨」的北禪工夫以新的境界，因而王維有〈能禪師碑銘〉之作，對六祖慧能「根塵不滅，非色滅空」的無相無住的禪義頗能契入。瑗上人與王維的來往見於〈送衡嶽瑗公南歸詩序〉及〈同崔興宗送瑗公〉二詩文云：「滇陽有曹溪學者」、「一施傳心法」，楊文雄及莊申分別據以指陳瑗公為南禪一系⑰。燕子龕禪師不知何許人，僅由王維詩〈燕子龕禪師〉云：「救世多慈悲，即心無行作」，見其為南宗禪，與神會「不作意，心無有起，是真無念」相通，是「即心」成佛的南禪宗系。

㈢王維濡染的經典

王維習禪兼涉南北，熟諳佛典，晚年長齋奉佛，以誦禪為事，「好讀高僧傳，時看辟穀方」（〈春日上方即事〉），「山中多法侶，禪誦自為群」（〈山中寄諸弟妹〉），「藉草飯松屑，焚香看道書」（〈飯覆釜山僧〉），可見他深入經藏的事實。《舊唐書・本傳》亦記載云：「維弟兄俱奉佛，居常蔬食，不茹葷血，晚年長齋，不衣文綵，在京日飯十數名僧，以玄談為樂。齋中無所有，惟茶鐺藥臼，經案繩床而已。退朝之後，焚香獨坐，以禪誦為事。」可見王維修行中勤讀經典，精於佛理，雖無直接的文字可證明王維涉獵那些佛典，但如從詩文典故中歸納，可以看出王維濡染的典籍為何，也足以證明王維學禪的理路。

---

⑰　見楊文雄書，頁二二二，莊申書，頁九五。

最受王維肯定的經典應屬《維摩詰經》，從王維字「摩詰」可知。《維摩詰經》載維摩詰居士輔助佛陀施行教化的故事。「維摩」梵語為「無垢」又可譯為「淨名」，意為清淨無垢，維摩以在家居士之身得清淨空體，是王維所極企慕的⓲。《維摩詰經》偈云：「清淨金華眼明好，淨教滅意度無極。」又云：「願聞得佛國土清淨，佛惟解說如來佛國清淨之行。」「以意清故得佛國淨」、「遠塵離垢諸法法眼生」等，是經對「芭蕉無有堅」的「身」之幻轉，止於無所住之空的闡釋，均極為優美精妙⓳，王維對《維摩詰經》的喜愛可以想見一斑。王維詩文中也經常引用《維摩詰經》典故，除有名的「雪中芭蕉圖」及〈淨覺禪師碑銘〉「雪山童子，不顧芭蕉之身」語源於此外，如〈燕子龕禪師〉云：「救世多慈悲，即心無行作。」趙殿成引《維摩詰經》注云：「無取無捨，無作無行，是為入不二法門。」《維摩詰經》有入不二法門品，言「不起不生」「無意同相」「不捨不念」等不二法門，是大乘般若精髓，而其中菩薩行品更是佛陀正法眼藏，王維應是有心取法「維摩詰」這位在家居士「不厭世間苦，不欣涅槃樂」的精神，以修成正果。在其〈偶然作六首〉之六亦云：「不能捨餘習，偶被世人知，名字本皆是，此心還不知。」詩中便是用《維摩詰經》「斷諸邪見有無二邊，無復餘習」的典故，並指出自己名字的本意在此。由此契入王維精神，其追尋大

⓲ 按陳寅恪先生以為「維」為「降伏」意，「摩詰」為「惡魔」，故王維取名「王降伏」字「惡魔」（參考陳哲三〈陳寅恪先生軼事及其著作〉），此說固合佛理，但與《維摩詰經》中大意不切，故不取。

⓳ 參《大正藏》冊十四，頁五一八《維摩詰經》。

乘真俗不二的意義是可以肯定的，也由此可以看到「宦隱」精神即不二精神的展現。

除此之外《六祖壇經》、《大般若經》、《法華經》、《涅槃經》、《華嚴經》、《楞伽經》等佛教聖典也是王維詩文中屢屢涉及的，〈胡居士臥病遺米因贈〉一詩就用到許多佛經典故，詩云：

> 了觀四大因，根性何所有，妄計苟不生，是身孰休咎。色聲何謂客，陰界復誰守，徒言蓮花目，豈惡楊枝肘。既飽香積飯，不醉聲聞酒，有無斷常見，生滅幻夢受。即病即實相，趨空定狂走，無有一法真，無有一法垢。居士素通達，隨宜善抖擻，床上無氈臥，鎘中有粥否。齋時不乞食，定應空漱口，聊持數斗米，且救浮生取。（卷三）

首句「四大」即《維摩詰經》：「四大合，故假名為身。」「根性」見《華嚴經》云：「普現一切眾生心念，根性樂欲而無所現。」「陰界」見《維摩詰經》言：「是身是陰界諸八所共合成。」「蓮花目」見《法華經》：「是菩薩目如廣大青蓮花葉。」「香積飯」見《維摩詰經》，「聲聞」見《法華經》，「斷常見」見《涅槃經》、《楞伽經》，「幻夢」見《金剛經》偈及《維摩詰經》：「是身如幻」、「是身如夢」，「實相」見《法華經》等等。

王維詩中最常用的禪語是「無生」、「空」，〈秋夜獨坐〉詩云：「欲知除老病，惟有學無生。」〈遊感化寺〉詩云：「誓陪清梵末，端坐學無生。」〈登辨覺寺〉云：「空居法雲外，觀世得無生。」〈謁璿上人〉云：「一心在法要，願以無生獎」，〈哭殷遙〉、〈與蘇盧二員外期方丈寺〉、〈西方變畫贊〉等等，都可看出王維「究竟達於無生」的禪修目標。無生是「涅槃之真理，無生滅，故云無生」[20]，換言之即「究竟涅槃」，既無生滅，即了脫生死，煩惱斷盡，大自在大解脫，見性明心的《涅槃經》宗旨。「究竟達無生」，「究竟」語出《華嚴經》：「名為究竟地」，〈過盧四員外宅看飯僧共題〉云：「身逐因緣法，心過次第禪」，亦見《華嚴經》：「一切世間從緣生，不離因緣見諸法」「隨其次第，入諸禪定」等。

「空」之語也是王維詩中屢見的，如上引〈胡居士臥病遺米因贈〉云：「即病即實相，趨空定狂走」，〈謁璿上人〉云：「空性無羈鞅」，〈與胡居士皆病寄〉云：「浮空徒漫漫，汎有定悠悠。」〈夏日過青龍寺謁操禪師〉云：「遙知空病空」，〈山中示弟〉：「性空無所親」等等此不贅舉。空是禪學三昧，神會和尚遺著云：「但知本體寂靜，空無所有，亦無住著，等同虛空，無處不通，即是諸佛真如心。」[21]《維摩詰經》云：「得是平等，無有餘空，惟有空病空，病亦空。」王維深明萬法本「空」，然一味執空則落入「病空」，仍是障道。《六祖壇經・般若品》云：「心量廣大，猶如虛空。……世人妙性本空，無有一法可得，自性真空，亦復如是。」「第一莫著空，若空心靜坐，即著無記空。善知識，世界虛空，能含萬物色像，日月星宿，山河大地，泉源溪澗，草木叢林……

---

[20] 丁福保《佛學大辭典》，「無生」辭註。

[21] 胡適校神會和尚遺著兩種。

總在空中，世人性空，亦復如是。」《金剛經》云：「一切有為法，如夢幻泡影，如露亦如電，應作如是觀。」《大品般若經》云：「若法無所有，不可得，是般若波羅密。……內空故，外空、內外空、空空、大空、第一義空……」，這都是空的真諦，王維「性空」的體認實深契禪宗精髓。

此外，王維〈與胡居士皆病因寄此詩兼示學人二首〉云：「空虛花聚散，煩惱樹稀稠。」乃引《楞伽經》一切有為事物如空虛花示現的妄相因緣法；〈過香積寺〉云：「薄暮空潭曲，安禪制毒龍」。〈戲贈張五弟諲〉云：「白法調狂象，元言問老龍」等，乃《涅槃經》醉象狂駭與住處毒龍之喻，凡此都可看出王維經常誦讀的經典皆大乘典籍，尤以禪宗之《壇經》、《金剛經》、《楞伽經》為主的般若空性，更是王維詩中大宗。[22]

綜上所述，王維禪學思想重心乃南北禪之「心」法，以悟般若空性，達無生涅槃為主，佛教徒以三皈依為始，皈依佛、皈依法、皈依僧，王維奉佛典，依南北禪師之教，修空觀自性，誦《維摩》《般若》《涅槃》諸經，都是大乘禪宗的理路，王維之禪應屬大乘不即不離，二諦中道的觀點。

四、王維官隱與大乘般若空性的關係

王維之道已如前述，是大乘般若空性中所泛顯的中道思

[22] 參考呂澂〈唐代禪宗學說略述〉一文，述唐代禪宗主要典籍，見《禪學論文集》， 頁二九一，大乘文化出版社。又高觀如《佛學講義》指出大乘小乘的區分，其經論部分，《法華》、《般若》、《華嚴》、《涅槃》等皆為大乘典籍，頁二七九，圓明出版社，民八十一年版。

想，問題是何謂「空」?「宦隱」之亦官亦隱與空性之非空非有、亦空亦有的意蘊有何關係? 這正是本節所要析論的。

王維由神秀系「拂塵看淨」(《圓覺經大疏鈔》) 的漸修禪法，進入慧能系「自心自性，皆成佛道」(《壇經》頓漸品) 的頓悟禪法，對於般若空性有更深一層的體會。般若空觀是中國禪宗的本體思想，南禪使空觀進於勝義。「般若」即「智慧」,「空」即「真如」。大品般若經云:「若法無所有，不可得，是般若波羅密。」由小乘到大乘，由大乘有宗到大乘空宗，都是先分析諸法，後說畢竟空。因此龍樹菩薩說:「眾因緣生法，我說即是空，亦為是假名，亦是中道義，未曾有一法，不從因緣生，是故一切法，無不是空者。」(《大正藏》冊三十二) 空緣萬法生，空即中道義，有無皆為因緣所生，執有、執無都是假的，惟其「中道」，方是真空妙有，所謂「虛空與法身無異相，佛與眾生無異相，生死涅槃無異相，煩惱菩提無異相」(希運〈傳心法要〉) 就是這種色空不二的中道思想。在世諦之生死苦空與真諦之真空常樂之中，二諦相因以顯中道，才是空的妙義。大乘精神從龍樹菩薩之中論傳入始顯，唐代禪宗也是承此而來。龍樹菩薩所作之中論、十二門論及其弟子婆論師所述之百論合為三論，由僧肇傳入後，大闡中道二諦之空觀，為禪宗心旨。《中論觀四諦品》偈云:「諸佛依二諦，為眾生說法，一以世俗諦，二第一義諦，若人不能知，分別於二諦，則於深佛法，不知真實義。」又偈云:「若不依俗諦，不得第一義，不得第一義，則不得涅槃。」(《大正藏》冊三十二) 由此可見第一義的「空」，不能離俗諦而獨得究竟，而是真俗相依，中道而得。《大涅槃經》

亦云：「佛性者，名第一義空，第一義空名為智慧，所言空者，不見空與不空。」（〈師子吼菩薩品〉）近人朱世龍論〈中道精神〉一文表解如下：

世諦	空生死	無常	無樂	無我	無淨
真諦	無空生死	無無常	無無樂	無無我	無無淨

朱氏認為第一義空須由此二諦相因以彰顯，惟有二諦合明，雙遮雙照，層層觀照，心中不著一念，才是第一義空㉓。這種大乘空觀在唐代盛行的經典中也隨處可見，如《壇經・機緣品》云：「於相離相，於空離空」，《波羅蜜多心經》云：「色不異空，空不異色，色即是空，空即是色」，都是這種色空一性的中道精神，這才是空的勝義。《維摩詰經》更是以入不二法門一品，鋪敷空的內涵，其中眾聖各說不二義旨時，德頂菩薩曰：「垢淨為二，見垢實性，則無淨相」，把垢淨融為一味；那羅延菩薩曰：「世間出世間為二，世間性空即是出世間。」這都是把人類意識中原本矛盾兩立的狀況給泯合為一，因此鈴木大拙談禪時才說：「空觀既不是一種內在主義，也不是一種超越主義，它是兩者的綜合。」㉔在南禪的重要典籍《壇經》中已明白揭示：「日月星宿，山河大地，泉源溪澗，草木叢林，惡人善人，惡法善法，天堂地獄，一

㉓ 朱氏此文收於《佛教根本問題研究》，頁三四一，大乘文化出版社，民六十五年版。

㉔ 鈴木大拙〈存在主義、實用主義與禪〉一文，收於《禪學論文集》，頁二四七，大乘文化出版社，民六十五年版。

切大海，須彌諸山，總在空中。」（〈般若品〉二）由此可見「空」的萬有與圓融㉕。

據各家年譜可知王維一生在仕與隱之間徘徊，早年熱中功名，二十二歲貶濟州，二十六歲隱於嵩山，三十一歲亡妻皈依道光禪師，三十四歲擢為右拾遺，四十四歲再隱於淇上，四十七歲復出仕，從此亦仕亦隱，安度晚年㉖。王維詩云：「晚年惟好靜，萬事不關心」，可見晚年亦仕亦隱的這段時間正是他得道有閒的階段。

從其亦仕亦隱的作風來看，隱代表企求真諦，萬境皆空，而仕代表不離俗諦，依俗得聖，這正是「不見空與不空」、「不分別二諦」、「不垢不淨」的不二精神，在世間的塵勞俗務與煩惱萬象中得無上菩提智慧之真空妙有。王維以其佛學修持，「身在百官之中，心超十地之上」，其人格並無矛盾可言，其行為也正是思想的實現。他自己在〈酬賀四贈葛巾之作〉中也說：「嘉此幽棲物，能齊隱吏心。」甚至，我們可說王維「宦隱」正是禪宗入唐以後與士大夫結合後的早期典型。葛兆光《禪宗與中國文化》一書中指出：「經過唐五代禪宗與士大夫的互相滲透，到宋代，禪僧已完全士大夫化了，亦僧亦俗，亦俗亦僧，如蘇軾、程頤、黃庭堅。」㉗黃庭堅自云：「是僧有髮，似俗無空，作夢中夢，見身外身」（《能改齋漫錄》卷八），正是這種思維的表徵，王維於北宋諸子，早已具啟導

㉕ 有關般若空性的妙義，印順導師《空之探究》一書有極精微的闡釋，正聞出版社，民七十九年版。

㉖ 參考楊文雄〈王維年譜新編〉，見《詩佛王維研究》，頁一〇一。

㉗ 見葛兆光《禪宗與中國文化》，頁四四，天宇出版社，民七十七年版。

功能與意義，他自己在〈與魏居士書〉中藉孔宣父曰：「我則異於是，無可無不可。」來表達他的人生理想，王維認為活國濟仁為適意，縱其道不行亦無可無不可，只要「身心相離，理事俱如，則何往而不適」（《王摩詰全集箋注》卷十八）。這封信正顯出他的中道觀念，古來中國讀書人所認為的仕與隱的兩難困境，在王維看來並無矛盾。〈能禪師碑〉中提到「非色滅空」「即凡成聖」（《王摩詰全集箋注》卷二五）也正是這種思想的一貫。

五、王維詩中的般若空性與「空」的境界美

自杜松柏先生《禪學與唐宋詩學》開始，一般人論王維詩中之禪總是分「禪趣詩」、「禪理詩」、「禪典詩」、「禪跡詩」等等，本文主要以看出王維佛教思想中空性智慧為主，以證明王維宦隱的思想成分，故不作詩歌分類及美學分析，然其詩中因修禪而具第一義空的特質與「空」的境界美卻不能不論。

王維習禪雖以禪宗為主，但亦有論其兼學三法印與淨土者[28]，這種說法僅屬片面，因為大乘佛教是一乘教，十宗分立不過因其重點各異，敷隨不同根機而有不同說法而已。王維詩中難免出現「因緣觀」「苦觀」「無常觀」「八識」等佛教思想本質，但並不代表王維的修持以法相、三論、淨土為主，從王維詩中我們仍可看出大量「空觀」的禪宗心法。據

[28] 見楊文雄《詩佛王維研究》，頁二二三、二二四。

近人柳晟俊統計，王維詩中「清」字約用六十次，「淨」字約用十二次，「靜」字約用二十六次，而「空」字則多達九十四次[29]。「空」的思想正是禪的形而上學最顯著的特色，此「空」並非思辨空想的產品，而是實相因緣說之「空」，據李世傑解「空」的內容包括六個性質：無一物性、虛空性、即心性、自己性、自在性、創造性[30]。

《六祖壇經》云：「心量廣大，猶如虛空，無有邊畔。」又云：「汝之本性，猶如虛空，了無一物可見。」而且六祖肯定此「空」實乃萬有，空即為自性，「自性展萬法」[31]，禪者「不思量性即空寂，思量即是變化」，故而神會強調「自性空寂心」「自本清淨心……不作意取……如是用心，即寂靜涅槃」。北禪以「住心看淨」入空，南禪以「無相無住」入空，禪學三昧即「空」的究竟，證得空性即入寂靜涅槃，王維詩在展現這種般若空性的精神上是很獨到的，譬如他的許多佳句中都有「空」義：

> 欲問義心義，遙知空病空，山河天眼裏，世界法身中。（卷七〈夏日過青龍寺謁操禪師〉）
>
> 眼界今無染，心空安可迷。（卷十一〈青龍寺曇壁上人中院集〉）

---

[29] 柳晟俊《王維研究》，頁一五九，黎明文化事業公司，民七十六年版。

[30] 參考李世傑〈禪的哲學〉一文，頁四，收於《禪宗思想與歷史》一書，大乘文化出版社。

[31] 參考印順導師《中國禪宗史》，頁三六四，大乘文化出版社。

此二詩正可看出王維兼習南北禪的痕跡。前詩王維深諳「無記空」之病，明白空性中有萬法，故云「空病空」，云「世界法身中」，完全切合《壇經》中心思想，是南禪的特色；後詩以「無染」自覺，正合北禪住心看淨的特點。又如：

> 荒城自蕭索，萬里山河空。（卷二〈奉寄韋太守陟〉）
> 秋天萬里淨，日暮澄江空。（卷三〈送綦毋潛校書棄官還江東〉）
> 人閒桂花落，夜靜春山空。（卷十三〈鳥鳴澗〉）
> 浮名寄纓珮，空性無羈鞅。（卷三〈謁璿上人〉）
> 人外遺世慮，空端結遐心。（卷四〈送韋大夫東京留守〉）
> 緣合妄相有，性空無所親。（卷十一〈山中示弟〉）
> 礙有固為主，趣空寧捨賓。（卷三〈與胡居士皆病寄此詩兼示學人二首〉）

這些句子中或顯空淨中的幽趣，或顯出塵遺世之空，或明示「有」乃因緣會合的妄相，空性實無所住，都代表王維對「空」的多層次體認。王維〈偶然作〉云：「愛染日已薄，禪寂日已固。」可見他對「空」的體認非浮相文字般若，而是禪修入定，日愈堅固的心得。〈飯覆釜山僧〉云：「已悟寂為樂，此生閒有餘，思歸何必深，身世猶空虛。」在清淨禪寂的境界，王維已顯得餘裕自得，思歸不必深入山林的這等體悟，恐非無禪坐者所能了解。

單是從著空的字句來看王維詩中的般若空性是不夠的，惟有從王維詩中「空」的境界美才能凸顯王維對般若空性的領悟之豐富與活潑，這也正是前述「空」的自在性、創造性等各種質性。境界一詞本自佛家而來，《除蓋障菩薩所問經》卷十云：「惟內所證，非文字語言所能表示，超越一切語言境界」，孫昌武《佛教與中國文學》中指出中國詩論中最早論境界問題便是唐代詩僧皎然，可見詩與禪的交融。而禪對王維詩的境界美明顯的影響有：㈠有無之間、動靜之際、剎那即永恆等兩立間的圓融；㈡空而萬有的活潑生機；㈢取境自然，形意相融的有機表現[32]。以下我們從幾首詩便可一窺王維這種由般若空觀所流露的藝術境界。

釋惠洪在《冷齋夜話》中盛讚王維〈山中〉詩得天趣，只能會意，不能言傳，詩云：

荊溪白石出，天寒紅葉稀，山路元無雨，空翠濕人衣。

杜松柏以禪趣解前二句乃「謂象窮道現，體由用顯」，後二句乃「道無形質」[33]，在溪水清處白石自現，在天寒時窮紅葉獨生，正合杜氏所謂「象窮道現」，而無雨濕衣，更依違有無之間產生耐人尋味的禪家辯證。〈鹿柴〉與〈竹里館〉二詩「空山」、「人語」一靜一動，「幽篁」、「長嘯」一靜一喧，都是在空有之間攝心入禪的境界：

---

[32] 這是筆者據王維詩的體會，綜合孫昌武《佛教與中國文學》一書的看法所得，孫氏認為禪宗講頓悟境界對詩的影響有三種：㈠渾然一體的；㈡生動活潑的；㈢情景交融的。見該書頁一〇七，上海人民出版社，一九八八年版。

[33] 見杜松柏《禪學與唐宋詩學》，頁三三六。

> 空山不見人，但聞人語響，返景入深林，復照青苔上。（〈鹿柴〉）
>
> 獨坐幽篁裏，彈琴復長嘯，深林人不知，明月來相照。（〈竹里館〉）

前詩空山明明無人，卻聞人語；後詩之「幽」「嘯」靜喧，都是有無之間動靜之際的尋思，這正是把「理趣」融入自然，反而出以「象」以「境」的美感。空山因有人語而愈顯其空，深林因有返影而愈顯其深，幽篁因長嘯而復見其幽，深林因有明月而更覺其深，這種境界不僅是有無的圓融，更是取境自然，融情理入景物，物我兩諧的表現。

〈青溪〉詩云：

> 言入黃花川，每逐青溪水，隨山將萬轉，趣途無百里。
> 聲喧亂石中，色靜深松裏，漾漾汎菱荇，澄澄映葭葦。
> 我心素已閒，清川澹如此，請留盤石上，垂釣將已矣。（卷三）

此詩中最高的旨趣在心之「閒」而外境亦隨之而「澹」，但在此閒澹中萬物仍機趣勃勃，水逐山轉中有「喧」有「靜」，顯出動靜之間，空而萬有的趣味。王維許多作品多能顯出「空」、「寂」之後的趣味，如〈山居秋暝〉、〈山居即事〉等，都是在蒼茫寂寞之後映顯活潑的生機之作。〈鳥鳴澗〉、〈辛夷塢〉等詩更是典型作品。

〈鳥鳴澗〉詩云：

人閒桂花落，夜靜春山空，月出驚山鳥，時鳴春澗中。

此詩在靜寂之境忽生萬有，月出鳥鳴，機趣洋溢。

〈辛夷塢〉詩云：

木末芙蓉花，山中發紅萼，澗戶寂無人，紛紛開且落。

此詩更是顯出自性妙體的絕對境界，在非空非有，亦空亦有的無人之境，萬物兀自生、住、異、滅，此真應了六祖所謂「何其自性本自萬有」「何其自性本無生滅」。繽紛的芙蓉花之開落，正代表萬物在空寂之中自展生機，每一朵花的剎那生滅，也正是禪者心念的生滅，惟靜寂的境界才能洞徹這股紛藉的生機，也惟有靜寂的境界才能不著生滅，自然流動。禪宗認為生機勃勃的自然界都是法身的變現，法身遍一切境，而王維以其禪修的體悟，才能入境出境，完成形意相融，了無滯礙的作品。

再如王維〈終南別業〉一詩，在表現禪宗理趣方面，也很值得我們注意：

中歲頗好道，晚家南山陲，興來每獨往，勝事空自知。
行到水窮處，坐看雲起時，偶然值林叟，談笑無還期。

禪者是內自證的修行，其滋味如人飲水，冷暖自知，他人無法同享，所以王維說「勝事空自知」，而此詩將「空」意化於無形的境界，正在「行到水窮處，坐看雲起時」一句，清徐增云：「行到是大死，坐看是得活，偶然是任運，此真好道人行履。」（《唐詩解讀》卷五）這種手法與禪宗公案貴參活句如出一轍，而其中由「窮」而「起」的生機盡在不言中。〈木蘭柴〉一詩也展現禪歛之餘的紛藉：

秋山歛餘照，飛鳥逐前侶，彩翠時分明，夕嵐無處所。

此詩中秋山既已歛起夕照，卻又滿山彩翠，斑斕的色彩與夕嵐融合無邊，這不正是《楞伽經》偈所揭示的：「彩色本無文，非筆亦非素，為悅眾生故，綺錯繪眾象。」（卷一〈一切佛語心品〉）王維之所以為後代文人畫始祖，正是以其「空」的禪境與筆素之間的多元色澤對中國繪畫的啟發，而詩中有畫的王維也以同樣的境界與美感在詩裏傳達其空寂與繽紛的融合。

禪宗這種色空不二的境界，在王維許多作品中蓬勃展露，如「古木無人徑，深山何處鐘」（〈過香積寺〉）、「野花叢發好，谷鳥一聲幽」（〈過感化寺縣興上人山院〉）、「所居人不見，枕席生雲煙」（〈千塔主人〉），這種融合性也正是含蓄的「空」境。王國維《人間詞話》說詞「有造境，有寫境」，王維能將二者有機結合，在冷寞寂寥中有活潑生機，在自然實景中有禪意映現，王維自云：「山河天眼裏，世界法身中。」一山一水，一草一木，都在王維空寂的天眼中繽紛顯現，清趙殿成在〈王右丞集箋注序〉中云：「右丞通於禪理，故語無背觸，甜徹中邊，空外之音也。……蓋空諸所有，而獨契其宗。」所指的正是王維這種詩境。

近人釋道元認為：「在這些詩裏，自然景物都變成演說佛法的依據，閃耀出禪光佛影，使人領悟到『真如佛性』存在於宇宙萬物之中。」[34]王維詩中實已呈露出無上妙諦，在「空」與「色」的對照，「動」與「靜」的相生，寂滅與萬有的圓融中托顯出大乘般若「空性」的美妙滋味來。僧肇《物不遷論》云：「必求靜於諸動，故雖動而常靜，不釋動以求靜，故雖靜而不離動。」佛法大菩提心在此，王維詩中「空」的境界美也在此。

六、結　語

近人盧桂霞〈王維詩中的佛家思想〉一文，指王維：「並未確切了解佛教的精義，充其量只了解到小乘教。」[35]又前註[3]中也引到葉嘉瑩先生從詩的境界指王維似只證辟支小果，這些說法顯然對王維尚存誤解。文前許多對王維的非議，透過我們對王維「學佛的理路」、「皈依的師法」、「禪誦的典籍」等分析，已可以不辯自明，然小乘大乘之辨，尚須經由中國禪宗的特質分析才能明白。近人楊惠南〈般若與佛性〉一文有極佳的解釋，他考證中國禪並沒有吸收《般若經》積極度眾的菩薩精神，仍然走山林生活之路，只是吸收到善待世間，尊重世間的精神，也就是《壇經》所謂：「佛法在世間，不離世間覺，離世覓菩提，恰如求兔角。」[36]菩提是存在現實生

---

[34] 道元〈談「詩佛」──王維〉，《內明》一九六期。

[35] 盧氏文載於《古今談》一〇〇期，民六十二年八月。

[36] 見楊惠南〈禪史與禪思〉，《鵝湖月刊》，民七十四年三月號。

活中的，世間俗務有其勝諦，不能忽視，這也正是王維所以亦官亦隱的道理。小乘的自了漢，是厭離世間，大乘般若是「不厭世間苦」，二者畢竟不同，王維詩中雖只具禪思，不見其菩薩道自利自他的記錄，但仍是大乘禪義，葛兆光《禪宗與中國文化》指出禪使佛教苦修精神轉為悅樂適性的人生情趣㊲，柳田聖山《禪與中國》指出《維摩詰經》宴坐、宴寂（即坐禪）的境界㊳，這兩者應該都能輔助說明王維詩所泛顯的大乘禪境。何況王維晚年布施、濟貧、飯僧、捨宅等行，也見離愛度他的菩薩乘義，王維之「官隱」，或王維詩中的佛理禪機，都應以大乘般若空性的精神來看，才能貼切闡釋。

附　錄：王維禪語禪趣詩文集錄

一、詩：古詩：酬黎居士淅川作（卷二）
奉寄韋太守陟（卷二）
贈房盧氏琯（卷二）
戲贈張五弟諲三首（卷二）
贈裴十迪（卷三）
胡居士臥病遺米因贈（卷三）
與胡居士皆病寄此詩兼示學人二首（卷三）
藍田山石門精舍（卷三）
青溪（卷三）

㊲ 見葛氏書，頁三九，東華書局，民七十八年版。
㊳ 見柳書，頁四六，桂冠圖書公司，民八十一年版。

終南別業（卷三）
飯覆釜山僧（卷三）
過李揖宅（卷三）
謁璿上人（卷三）
送韋大夫東京留守（卷四）
資聖寺送甘二（卷四）
留別山中溫古上人兄並示舍弟縉（卷四）
苦熱（卷四）
納涼（卷四）
偶然作六首（卷五）
燕子龕禪師（卷五）
寄崇梵僧（卷六）
同比部楊員外十五夜遊有懷靜者季（卷六）
贈吳官（卷六）

律詩：酬張少府（卷七）
冬晚對雪憶胡居士家（卷七）
山居秋暝（卷七）
歸嵩山作（卷七）
山居即事（卷七）
淇上即事田園（卷七）
過福禪師蘭若（卷七）
黎拾遺昕裴迪見過秋夜對雨之作（卷七）
過感化寺曇興上人山院（卷七）
夏日過青龍寺謁操禪師（卷七）
過香積寺（卷七）

同崔興宗送瑗公（卷八）
登辨覺寺（卷八）
春日上方即事（卷九）
登河北城樓作（卷九）
登裴迪秀才小臺作（卷九）
秋夜獨坐（卷九）
愚公谷三首（卷九）
苑舍人能書梵字兼達梵音皆曲盡其妙戲為之贈（卷十）
重酬苑郎中（卷十）
積雨輞川莊作（卷十）
過乘如禪師蕭居士嵩邱蘭若（卷十）
和宋中丞夏日遊福賢觀天長寺之作(卷十一)
投道一師蘭若宿（卷十一）
山中示弟等（卷十一）
過盧員外宅看飯僧共題（卷十一）
青龍寺曇壁上人兄院集（卷十一）
遊感化寺（卷十二）
遊悟真寺（卷十二）
與蘇盧二員外期遊方丈寺而蘇不至因有是作（卷十二）
過沈居士山居哭之（卷十二）

絕句：山中寄諸弟妹（卷十三）
鳥鳴澗（卷十三）
鹿柴（卷十三）

木蘭柴（卷十三）

辛夷塢（卷十三）

嘆白髮（卷十五）

山中（卷十五）

二、文：賦表：謝除太子中允表（卷十六）

為幹和尚進注仁王經表（卷十七）

為舜闍黎謝御題大通大照和尚塔額表（卷十七）

為僧等請上佛殿粱表（卷十七）

請施莊為寺表（卷十七）

狀文：請迴前任司職田粟施貧人粥狀（卷十八）

書記：與魏居士書（卷十八）

序：送衡嶽瑗公南歸詩序（卷十九）

薦福寺光師房花藥詩序（卷十九）

文讚：讚佛文（卷二十）

西方變畫讚（卷二十）

繡如意輪像讚（卷二十）

給事中竇紹為亡弟故駙馬都尉於孝義寺

浮圖畫西方阿彌陀變讚（卷二十）

碑銘：大唐大安國寺故大德淨覺師碑銘（卷二四）

能禪師碑（卷二五）

大薦福寺大德道光禪師塔銘（卷二五）

誌銘：工部楊尚書夫人贈太原郡夫人京兆王氏墓誌銘（卷二六）

哀辭：宋進馬哀辭（卷二七）

第四章　從禪悟的角度看王維自然詩中空寂的美感經驗

一、王維詩的三種主調

偉大的詩人應具有當世的時代性與後世永恆性的「美典」❶，通過詩歌歷史的考察往往失去其當世的時代性，只留存後世共同認同的美學範式，杜詩在後世有其「不廢江河萬古流」的地位，在唐代當世卻未傳盛名，獨王維既獨步當世，又垂典後世，他所營塑的美典是最耐人尋味的。

許總《唐詩史》是第一部能從當世與後世不同尺標標示出不同美典評價的詩歌歷史，其上冊第三編指出：「在文學史的接受視域中，王維比不上李杜那樣的煊赫地位與深遠影響，但在當時以都城為中心的開元詩壇，王維卻是最重要的核心人物。」❷這段話如果輔以唐人對王維的評賞觀點，如殷璠〈河岳英靈集序〉以王維與王昌齡併儲光羲為開元詩壇代表人物❸，獨孤及〈左補闕安定皇甫公集序〉認為沈宋之後

---

❶ 意即美學典範，借高友工氏語。見高友工〈律詩的美典〉，《中外文學》十八卷二期。

❷ 許總《唐詩史》上冊，頁五〇九，江蘇教育出版社，一九九四年版。

❸ 殷璠語收於趙殿成《王摩詰全集箋注》卷末附錄，世界書局版，頁三八六。

的大詩人當推王維與崔顥[4]等等，便可知道王維在當世的地位。唐代宗李豫批答王縉〈進王右丞集表〉的手敕形容得最具體：

> 敕卿之伯氏，天下文宗，位歷先朝，名高希代，抗行周雅，長揖《楚辭》，調六氣於終編，正五音于逸韻，泉飛藻思，雲散襟情，詩家者流，時論歸美。[5]

代宗所謂「天下文宗」正是王維作為當世詞客典型的最佳寫照，杜甫詩云：「最傳秀句寰區滿，未絕風流相國能」（〈解悶〉），司空圖云：「澄澹精緻，格在其中」（〈與李生論詩書〉），唐世時人推許王維的重點在「逸韻」、「藻思」、「襟情」、「秀句」、「澄澹」等等，以此為開元盛世唐音典型，其所表徵的或許是王維特有的淵雅風貌，與其詩畫融合的秀句清流，這中間仍很難脫離唐世所構築的「都城文化」美感，也就是許總結論的：「時人著重於其秀雅的語言表達方式，乃在於以都城為中心的詩壇所形成的濃郁清雅的文化氛圍中，對雄整高華的藝術情趣的普遍追求的總體趨向。」[6]簡單的說，盛唐美典的集體趨向是具有進取性的、積極性的都城文化認同，也就是「唐型文化」[7]特有的藝術表徵，這種時代

---

[4] 同上書，頁三八六。

[5] 同上書，卷首，頁一。

[6] 許總《唐詩史》，頁五一一。

[7] 「唐型文化」以盛唐之進取性、開創性為表徵，是一種廣闊的胸襟與壯盛的氣象，與「宋型文化」之幽靜閑雅、內斂哲思有很大的不同，二者譬如牡丹與梅花、酒與茶、三彩與青瓷，這種分野已為唐

性尺標所測度的王維詩歌美典與後世推許的王維詩是有很大的不同。

至於後世對王維詩評價的角度，可分兩方面來看，一部份如馬端臨《文獻通考》指出「維詩清逸，追逼陶謝」❽，陸時雍《詩鏡總論》所謂「摩詰寫色清微，已望陶謝之藩矣」❾者，他們對王維退入山林，寫出自然清逸之情的作品情有獨鍾，因此譽為「詩道之正傳」、「詩之為用」❿，這明顯是與進取性的都城文化美感對舉的另一種退隱式的蕭散閒逸的美感，以《峴傭說詩》之語言之，則是「有高華一體，有清遠一體」⓫的不同風調，也就是張戒《歲塞堂詩話》「其詩於富貴山林，兩得其趣」⓬之謂，我認為這種評賞都只得王維二貌，王維另一可貴卻難以言宣的美典是在「趣味澄敻」、「清深閒淡」內裡所透顯的「如秋水芙蕖，倚風自笑」⓭之美，這是《瀛奎律髓》所謂「窮幽入元」，阮亭《唐賢三昧集》所謂「入禪妙境」⓮的作品。清趙殿成〈王右丞集箋

宋文化研究者所定論，如傅樂成〈唐型文化與宋型文化〉，收於《漢唐史論集》，聯經出版事業公司，民六十六年版，頁三三九～八三二。羅聯添〈從兩觀點試釋唐宋文化的精神差異〉，收於《唐代文學論集》，學生書局，民七十八年版，頁二三一～二五〇等等。

❽ 見收於《王摩詰全集箋注》，頁三八六。

❾ 此條收於臺靜農《百種詩話類編》，頁七九。

❿ 同❻。

⓫ 同上書，頁八一。

⓬ 同上書，頁七六。

⓭ 見《詩人玉屑》臞翁評詩，收於《王摩詰全集箋注》卷末，頁三八七。

⓮ 李重華《貞一齋詩話》卷七引阮亭謂王維「五言有入禪妙境」。

注序〉認為「唐之詩家稱正宗者，必推王右丞」[15]，這應是針對王維通過富貴山林二美所圓彰融顯的這一味——「空寂萬有」之美。這比都城文化美典與山林清音美典都有更進一層不同的勝境。

因此，王維詩的主調可以「都城文化」、「山林清音」、「空寂萬有」三者貫串起來，如以詩人出處的態度為喻，則為「仕」的表徵、「隱」的類型與「仕隱兼融」的「吏隱」特質三種，這三種主調正好也包含王維早年懷抱功業願望與昂揚精神的〈燕支行〉、〈隴西行〉、〈從軍行〉、〈隴頭吟〉、〈出塞〉、〈使至塞上〉、〈渭城曲〉、〈觀獵〉等佳作；及佛道兼修時期的〈新晴野望〉、〈積雨輞川莊作〉、〈偶然作〉等田園逸趣，而最終指向的卻是以〈輞川二十景〉為主的空寂之美，這種空寂之美是超乎時空而具有永恆境域而又靈動萬有的「妙」境，品賞這種滋味需有如王維入禪之趣才能出入之，因此本文借「禪悟」角度勉強傳示之。

禪是一種難以言傳的主體精神意識甚或無意識，與詩歌美學有對應思考的價值，對中國詩歌藝術的影響極深，王維無疑是最佳的體現者，本文的目標以欣賞分析王維所體現的禪悟美感為主，關於王維學佛的因緣與內涵、關於禪的美感經驗與詩歌美感經驗之關連等，都是必須先行了解的部份，因此我在全文的脈絡便從盛唐美典說起，其後藉王維學禪內涵、禪學與詩學關係等，進入所謂王維詩中「空寂」的美感之論，期望能把這難以言宣的美感勉強傳達出來。

---

[15] 見《王摩詰全集箋注》序。

二、王維「以禪入詩」的因緣與內涵

近代學人著作中，杜松柏《禪學與唐宋詩學》是率先有詩禪合論的一部著作，其中把詩與禪的關係分「以詩寓禪」及「以禪入詩」兩大範疇，其云：「禪祖師以詩寓禪之後，詩人即以禪入詩」⑯。由此我們可以把詩禪之間因作者身份釐判分殊為二，王維以文人涉禪，研究王維詩禪之關係便應以「以禪入詩」的角度來看。沈德潛《說詩晬語》云：「王右丞詩，不用禪語，時得禪理」，詩人語不涉禪，讀者卻可以得其禪理，語文中隱微曖昧的趣味很難以「理」求之，在今日邏輯思辯縝密的語言中，沈德潛此言與本文主旨一樣恍惚迷離，因此，我在此先以王維傳記行跡及禪學修養的內容為前導來考求其微。

唐苑咸〈酬王維序〉云：「當代詩匠，又精禪理」，明胡應麟《詩藪》指其「卻入禪宗」，清徐增《而庵詩話》云：「摩詰精大雄氏之學」，從這些歷代共同的認知裡，我們都可以確定王維與佛教有關，然而王維的佛學門徑如何？源脈內涵如何？修養如何？卻少有人論證，葉嘉瑩、盧桂霞等人曾就王維詩考之，認為王維之禪乃小乘辟支果禪⑰，楊文雄、杜松柏氏曾指出王維兼涉南北禪，對其禪學內容亦未深入揭

⑯ 見杜松柏《禪學與唐宋詩學》，頁二九九，黎明文化事業公司，民六十五年版。

⑰ 參考葉嘉瑩《迦陵談詩》，頁一六四，三民書局版。盧桂霞〈王維詩中的佛家思想〉，載於《古今談》一〇〇期。

示[18]，這對王維禪詩中的思維理路或不落言筌的美感經驗仍杳無可求，在第三章中，筆者曾從王維事蹟與詩文，考察王維學佛的路徑、往來之禪師、濡染之禪典以明王維之禪乃南北禪之「心」法[19]，此再撮述其要，並增益「心」法要旨，以進一步作為說明王維詩的依據。

王維（七〇一～七六一）生活在盛唐時代，正是處在中國佛教發展的鼎盛階段，這一時期禪宗傳播迅速，「南能北秀」有互爭正統的問題存在，是唐中葉思想領域的一件大事，對當時知識份子的精神面貌產生很大的影響。王維在十宗分立的唐代社會中與禪宗關涉尤深，往來僧侶都為南北禪系統下的禪師，這與唐代佛教分佈的地理與流傳時間有關[20]。雖然有學者考察王維皈依的道光禪師應為華嚴宗[21]，實際上以

---

[18] 見楊文雄《詩佛王維研究》，頁二〇五～二三九，文史哲出版社，七十七年版。杜松柏《禪學與唐宋詩學》，頁三〇二。其中楊文雄書因專論王維故曾以「般若空觀」與「無住、無相」論王維佛學的中心思想。

[19] 即拙作〈論王維宦隱與大乘般若空性的關係〉一文，曾發表於《臺大中文學報》第六期，其中專節考「從王維學佛的路徑看王維之禪」。

[20] 嚴耕望〈唐代佛教之地理分佈〉一文曾詳述唐南北各地佛教發展狀況云：「自武后至玄宗，法相、華嚴漸衰，而神秀之北派禪宗大盛於京洛及北方。安史亂後，北禪衰微，而慧能之南派禪宗大盛於江南，融合華嚴，侵逼天台，為佛學之正宗。」王維生長在武后玄宗階段正好躬逢盛事。此文收於張曼濤主編現代佛教學術叢刊《中國佛教史論集》，大乘文化出版社，民六十八年版。

[21] 陳允吉《唐音佛教辨思錄》收〈王維與華嚴宗詩僧道光〉一文，曾憑〈大薦福寺大德道光禪師塔銘〉中「密授頓教」語考定「頓教」即「華嚴宗」，這個說法略嫌牽強，我在此仍依舊說如莊申、楊文雄氏所考，以「頓教」為南禪。見該書頁四〇，上海古籍出版社，

南禪融和華嚴的情形來看，我們仍可肯定道光為南禪導師㉒。

王維佛學修養最初因其母崔氏師事北禪領袖普寂而始，〈請施莊為寺表〉云：

> 臣亡母，故博陵縣君崔氏，師事大照禪師三十餘歲，褐衣素食，持戒安禪，樂住山林，志求寂靜。(《王摩詰全集箋注》卷十七)

在這篇表文中，我們一方面可以確定王維早年與北禪大照禪師的關係，二方面可以省察王維了解的禪法內容。大照禪師即北宗神秀首座弟子，《舊唐書・方伎傳》曾載「神秀卒，天下好釋者咸師事之」，唐中宗特制「令普寂代神秀統其法眾」，王維因母親奉佛，從襁褓之齡㉓即與北宗結緣，其後有代撰〈為舜闍黎謝御題大通大照和尚塔額表〉之作，從塔額表云：「入三解脫門，過九次第定」，施莊表云：「持戒安禪，樂住山林，志求寂靜」，我們都可看出王維習靜求禪，以北宗禪法「戒禪合一」、「住心看淨」㉔為主的觀念。「九次第定」依趙殿成注云：「《涅槃經》所謂九次第定，四禪四空及滅盡定三昧。《大般若經》云何名為九次第定，謂有一類離

一九八八年版；莊申《王維研究》，頁四一，萬有圖書公司；楊文雄《詩佛王維研究》，頁二二一，文史哲出版社，民七十七年版。

㉒ 參楊文雄氏所考，《詩佛王維研究》，頁二一二。

㉓ 同上。

㉔ 詳見印順導師《中國禪宗史》，頁一三八～一四三。

欲惡不善法，有尋有伺，離生喜樂，初靜慮具足住，是為第一，復有一類尋伺寂靜內，等淨心一趣性，無尋無伺，定生喜樂，第二靜慮具足住，是為第二，……」㉕禪宗內求寂靜之禪法，北漸南頓，北禪有次第法，印順導師《中國禪宗史》指出：「北宗的開法方便，也是戒禪合一的」，「以《淨心》為目標，以離念為方便的北宗禪」，「學者在平時當然不用問答，只是先念一回佛，然後攝心看淨。初學到盡虛空看，也還有次第方便。」㉖王維〈過盧員外宅看飯僧共題〉云：「身逐因緣法，心過次第禪。」〈遊悟真寺〉云：「愁猿學四禪」，都可以看出受這種看淨的次第修法所影響。

王維與北宗禪師的往來除「普寂」外尚有「義福」、「淨覺」、「道璿」、「慧澄」、「元崇」等㉗，「義福」與普寂同為神秀四大弟子之一，北禪四位重要傳法人王維已得參其二，而「淨覺」乃弘忍門下玄賾的門人，也是神秀的再傳弟子，著有《楞伽師資記》以弘神秀一系的北宗禪法正統，「道璿」則為普寂弟子。凡此，可以看出王維前期與北禪系統的關涉頗為密切。

據印順導師綜言神秀禪法有「五方便門」，即「淨心」(離念門)、「開智慧」（不動門)、「不思議門」、「諸法正性門」、「了無異門」（或作「自然無礙解脫道」)，其修證內容所引經論分別為《大乘起信論》、《法華經》、《維摩詰經》、《思

㉕ 詳注見趙殿成《王摩詰全集箋注》卷十七，頁二四四。

㉖ 同㉔。

㉗ 參看楊文雄《詩佛王維研究》，頁二一二～二一七。陳允吉《唐音佛教辨思錄》頁五一～五五。二人對南北禪師的判認稍有出入。

益經》、《華嚴經》，第二門有時也引用《金剛經》、《大般涅槃經》，印順導師並指出「五方便」門中的「不動門」尤為神秀北禪的特色，「淨」字是北禪的要訣㉘。由此，我們更肯定王維修習的禪法中有九住徵心、四禪八定等次第過程的嘗試與體驗，其通過禪坐不動，以攝心入禪也是必然有的工夫。

然而王維真正皈依的禪師卻是南禪系統。開元十八年王維喪妻之後，正式依從曾蒙五台寶鑑禪師「密授頓教，得解脫知見」的道光禪師，王維「十年座下，俯伏受教」，對南禪禪師之「舍空不域，既動無眹，不觀攝見，順有離覺」頗有所會心，認為是「不可得法」㉙。

王維與南禪的關係雖始依道光，但他對南禪思想的大醒豁卻得自神會。神會於開元十八年到洛陽弘法，廣傳慧能傳衣一事，與北宗禪師論定禪宗法統，後為肅宗迎入荷澤寺供養，使南宗慧能的宗風獨尊天下，神會本身也開展「荷澤宗」風，成為禪宗七祖。王維在開元廿八年知南選到南陽時才得識神會，問「住心看淨」之外是否另有解脫之道。神會答以「眾生本自心淨，更欲起心有修，即是妄心」，王維因此大奇，嘆「有佛法甚不可思議」㉚，〈能禪師碑銘〉因盛讚神會「利智逾於宿學」，可見他對南禪頗為心儀，其後與瑗上人、燕子龕師、道一（疑為馬祖道一）等往來，亦多有南禪契會

㉘ 印順導師《中國禪宗史》，頁一四〇～一四八。

㉙ 引文見〈大薦福寺大德道光禪師塔銘〉，見《王摩詰全集箋注》卷二五，世界書局版，頁三五九。

㉚ 以上見《神會語錄》第一殘卷所載。考王維與神會相遇時間如楊文雄、陳允吉皆認為是開元廿八年事。王維〈能禪師碑〉文中亦有「遇師於晚景，聞道於中年」語。

之論，甚至可以看出綰合南北禪的痕跡[31]。

印順導師《中國禪宗史》對慧能禪法的歸納是以《六祖壇經》為主的「定慧為本」──「無念為宗」「無相為體」「無住為本」，不重宗教儀式，不重看心、看淨，只重視德性的清淨，「將深徹的悟入，安立在平常的德行上」[32]。神會發揚慧能禪法，也是採取這種「直了見性」「無念為宗」的說法。呂澂《中國佛學源流略講》云：「(北宗) 所說的心體離念是指不起念，根本在消滅念，而神會認為『妄念本空，不待消滅』，這是南宗不同於北宗的一點。其次，所謂無念是指無妄念，不是一切念都無，正念是真如之用，就不可無。如果否認了正念，即墜入斷滅頑空。這是南宗不同於北宗的又一點。……神會認為由『無念』可以達到『定慧一體，平等雙修』，最後的結論為：『見即是性』。」[33]由此可見南禪頓悟的主張，自神會始與北禪有清楚的分立。

神會的言論今傳有〈南陽和尚頓教解脫禪門直了性壇語〉、〈頓悟無生般若頌〉等等，其壇語云：

> 一切眾生心本無相，所言相者，並是妄心。何者是妄？所作意住心、取空、取淨，乃至起心求證菩提涅槃，並屬虛妄。
>
> 但自知本體寂靜，空無所有，亦無住著，等同虛空，無處不通，即是諸佛真如心，真如是無念之體，以是義故，

---

[31] 見楊文雄《詩佛王維研究》，頁二一七。

[32] 見印順導師《中國禪宗史》，頁一三二～一三五。

[33] 見呂澂《中國佛學源流略講》，頁二四二，里仁書局版。

> 立無念為宗。[34]

神會發揚六祖「無念」、「無相」、「無住」之學，予「住心看淨」的北禪工夫以新的境界，予王維禪修的內涵也有新的啟發，王維〈能禪師碑銘〉云：

> 無有可捨，是達有源，無空可住，是知空本。離寂非動，乘化用常。法本不生，因心起見，見無可取，法則常如。

又云：

> 根塵不滅，非色滅空，行願無成，即凡成聖。[35]

在此碑銘中王維充份顯露他對南禪「無住」、「本空」的認識及「即凡成聖」之頓門的掌握。〈薦福寺光師房花藥詩序〉亦云：「心舍於有無，眼界於色空，皆幻也。離亦幻也。」〈燕子龕禪師〉詩云：「救世多慈悲，即心無行作。」[36]正是神會所示之「不作意，心無有起，是真無念」的本體寂靜觀。

由上，我們可以了知王維習禪的因緣與其所習之內容，主要在南北禪「趨空」、「性空」的禪法，在契入本體寂靜，返本還源的努力上，王維著實下了不少工夫，他在詩文中不斷提到他對此「空寂」的體味，從言語的辯證到生活的實踐，

---

[34] 以上二資料見胡適編《荷澤大師神會遺集》兩種，胡適紀念館版。

[35] 見《王摩詰全集箋注》卷二五，世界書局版，頁三四八。

[36] 分見前書卷十九，頁二七九；卷五，頁六三。

到心地的體驗等等都有。〈胡居士臥病遺米因贈〉詩云：

> 了觀四大因，根性何所有。妄計苟不生，是身孰休咎。
> 色聲何謂客，陰界復誰守。徒言蓮花目，豈惡楊枝肘。
> 既飽香積飯，不醉聲聞酒。有無斷常見，生滅幻夢受。
> 即病即實相，趨空定狂走。（卷三）

此詩中王維因胡居士臥病悟四大根性本空，妄計生滅致幻夢苦受，以「趨空」與胡居士共勉。又〈與胡居士皆病寄此詩兼示學人二首〉云：「礙有固為主，趣空寧捨賓」「色聲非彼妄，浮幻即吾真」「空虛花聚散，煩惱樹稀稠，滅想成無記，生心坐有求」，這些詩句中都明顯以禪入詩，用禪理面對生命真實的病咎患難。

〈藍田山石門精舍〉中則記載王維與「老僧四五人，逍遙蔭松柏，朝梵林未曙，夜禪山更寂」「焚香臥瑤席」的禪修梵行。〈飯覆釜山僧〉云：「藉草飯松屑，焚香看道書，燃燈晝欲盡，鳴磬夜方初，已悟寂為樂，此生閒有餘，思歸何必深，身世猶空虛」，也可以看出王維禪修徹夜，齋蔬焚香的生活與喜悅。〈謁璿上人〉詩中王維「誓從斷葷血」「夙從大導師，焚香此瞻仰」，有誓心從師，學無生法要的表示[37]。〈同比部楊員外十五夜游有懷靜者季〉對「獨有仙郎心寂寞，卻將宴坐為行樂」的靜者表示「共往來」、「同舍甘藜藿」的同修之樂與期賞[38]。

---

[37] 以上引詩分見《全集箋注》之卷三，頁二六、三〇、三一。

[38] 同上書，卷六，頁八二。

王維在禪寂的努力中確實有過「坐禪」的經驗，這是北宗禪法對他的影響痕跡，雖然他中歲好道，契入南禪，但靜坐寂求的工夫一直維繫到晚年，劉昫《唐書・本傳》說他：

> 在京師日飯十數名僧，以玄談為樂，齋中無所有，唯茶鐺藥臼，經案繩床而已。退朝之後，焚香獨坐，以禪誦為事，妻亡不再娶，三十年孤居一室，屏絕塵累。[39]

這種焚香靜坐的工夫在王維詩中屢現，如〈過福禪師蘭若〉云：「欲知禪坐久，行路長春芳」，〈黎拾遺昕裴迪見過秋夜對雨之作〉云：「寒燈坐高館，秋雨聞疏鐘」，〈過感化寺曇興上人山院〉云：「夜坐空林寂，松風直似秋」〈登辨覺寺〉云：「軟草承趺坐，長松響梵聲。」〈春日上方即事〉云：「北窗桃李下，閒坐但焚香」[40]等等，儘管在這種閒坐虛室的詩裡，王維偶有佛道融合的表現，但這種「趣空」的努力本身即是內證的經驗，這也正是其詩歌能顯出「空寂」之美的生命源泉。〈秋夜獨坐〉中云：

> 獨坐悲雙鬢，空堂欲二更，雨中山果落，燈下草蟲鳴，白髮終難變，黃金不可成，欲知除老病，惟有學無生。（卷九）

---

[39] 見《舊唐書》王維本傳，收入《王摩詰全集箋注》卷首，頁二。

[40] 以上引詩見《王摩詰全集箋注》卷七，頁九九、一〇〇、卷八，頁一一七、卷九，頁二九。〈春日上方即事〉詩王維用「好讀高僧傳，時看辟穀方」，顯見他佛、道兼修的痕跡。

「獨坐」究竟是禪是道，王維也有他最終的觀點，「白髮終難變，黃金不可成」，他獨坐是為了「學無生」，禪法「無念」「無相」「無住生心」，本即是無生，王維受北禪影響，以禪坐趣空來掌握「無生」是可以肯定的。

當然契悟自性的工夫不一定得通過禪坐的次第，六祖慧能偈云：「生來坐不臥，死去臥不坐，元是臭骨頭，何為立功課。」(《六祖壇經・頓漸品》) 當神秀的弟子志誠告訴慧能，神秀的教法：「住心觀淨，長坐不臥」，而慧能卻批評：「住心觀淨是病非禪，長坐拘身於理何益。」顯然南禪是不重枯坐的。然而王維之「坐」，姑不論其能否證悟，其中已透顯南北禪遞變的痕跡，純就詩歌美感也顯示出許多因禪坐次第而具有的「閒寂」中的「繽紛」滋味。

除禪坐外，面對人生出處或生死等問題，王維也有入禪理的實修體味，〈資聖寺送甘二〉云：「浮生信如寄，薄宦夫何有」(卷四)，〈偶然作〉中忽而嘆「世網纓我故」、「沉吟未能去」，忽而興「愛染日已薄，禪寂日已固。」(卷五) 在離欲不染的修行道路，世塵何可驟去，王維因此也難免矛盾之情[41]。然而〈與魏居士書〉中卻已看出他對仕隱的調和，不以「仕」為纓世網，不以「隱」為清節，有他即凡即聖的看法：

> 雖方丈盈前，而蔬食菜羹，雖高門甲第，而畢竟空寂。人莫不相愛而觀身如聚沫，人莫不自厚而視財若浮雲。

---

[41] 柯慶明〈試論王維詩中的世界〉一文對王維仕隱之間的矛盾闡釋極精微，見《文學美綜論》，頁三四一，長安出版社，民七十二年版。

……（卷十八）

他認為甲第高門中一樣可離欲不染，不一定要避居山林方能清淨。對於許由洗耳，王維認為「耳非駐聲之地，聲無染耳之跡，惡外者垢內，病物者自我，此尚不能至于曠士。」而嵇康之「頓纓狂顧」亦是「維縶」，無法等同虛空，對於王維曾炙愛詠歌的陶潛，此時王維也認為是「忘大守小」，顯然他此時的修養以佛家入道，凡聖一情的角度，不主張擇地而蹈的孤高，因此他說：「苟身心相離，理事俱如，則何往而不適。」這也就是「吏隱」、「朝隱」、「宦隱」的主張[42]，不僅王維如此，這種仕隱調和之論也正是唐代文士在魏晉以來長期融合儒道釋三教的思想反映，唐代文士現世價值的認同普遍在這種吏隱的風潮下，齊山林與魏闕之心。王維也從他的矛盾中走向這種融合。

佛家視身如聚沫，四大假有，實則空虛，面對死生大事，王維常常出現這種觀照，如〈哭褚司馬〉云：「妄識皆心累，浮生定死媒。」（卷十二）〈哭殷遙〉：「憶昔君在時，問我學

[42] 唐人有關「吏隱」、「朝隱」、「中隱」、「大隱朝市」的觀念普遍出現，這是承繼葛洪《抱朴子》「修之於朝隱，蓋有餘力故也，何必修於山林，盡廢生民之事」（〈內篇釋滯卷第八〉）而來的仕隱融合觀，錢起「大隱心何遠」（〈過王舍人宅〉），楊炯「大隱朝市」（〈李舍人山亭詩序〉），白居易「莫遣是非分作界，須教吏隱合為心」（〈邵西亭偈詠〉），「不如作中隱，隱在留司官」（〈中隱〉）等等，有關這方面的論述請參考侯迺慧《唐代文人的園林生活》，頁四七九～四八七，東大圖書公司，民八十年版；葛曉音《山水田園詩派研究》「朝隱和待時之隱」一節，頁一八〇～一九三，遼寧大學出版社，一九九三年版。本書第三章亦有分析。

無生，勸君苦不早，令君無所成。」對未勸殷遙學禪，還頗有歎惋之情，可見王維內心世界終是：「一生幾許傷心事，不向空門何處銷」（卷十五〈歎白髮〉），以禪為終生依止。

綜觀王維一生誦禪經、習禪法，力行齋戒禪坐與生活實修，晚年飯僧、布施、捨宅，以佛事為活國濟民與生命自贖之事，他所修養的內涵不離禪宗，雖有〈讚佛文〉、〈西方變畫讚〉、〈繡如意輪像讚〉等文，但內涵也不離「心法」，譬如〈西方變畫讚〉云：「法身無對，非東西也，淨土無所，離空有也。」「心王自在，萬有皆如，頂法真空，一乘不立」（卷廿），與《六祖壇經》論淨土無西東，「心淨則佛土淨」（〈疑問品〉第三）如出一轍，王維對一念之淨的禪法應有相當的契入工夫。

三、禪的美感經驗與詩的美感經驗

中國詩歌一直以其象外象、味外旨、言有盡而意無窮的詩旨意境為主，因此在詩論上有「妙悟」說、「神韻派」等等，從唐代詩禪相滲以來，就有不少以禪喻詩或詩法受禪法影響之論，近人多以「意境」說起於唐，多半與佛學有關[43]，

---

[43] 如周裕鍇《中國禪宗與詩歌》認為「唐代意境理論的形成也主要得力於禪宗，無論是王昌齡的《詩格》、皎然的《詩式》等著作，還是司空圖的《廿四詩品》，都閃現著禪宗思維方式的影子」。（上海人民出版社，一九九二年版，頁一二八。）謝思煒《禪宗與中國文學》云：「運用現象學的方法而終於達到對詩本體的一種新的領悟和認識，這正是在禪宗思想影響下，在中晚唐文學批評中，在皎然《詩式》和司空圖《詩品》中所完成的過程。」（中國社會科學院，

宋人更大量以參禪之法參詩法[44]，可見詩禪關係之一斑。杜松柏《禪學與唐宋詩學》一書中直接肯定「唐詩之佳妙別有原因」，除了帝王倡導，以詩取士、詩體進化之外，佛禪之影響是其重要因素之一[45]，我們如以此論來說詩，詩禪結合的關鍵何在？禪對詩思的助益何在？是直接關係著領悟王維詩歌的鎖鑰。

葉朗《中國美學的發端》指出：「唐代美學中，『境』這個範疇是唐代審美意識的理論結晶。」[46]我們可以直截地以「意境」之開創作為唐詩創作之美感經驗的上乘，換言之，唐詩能超躍六朝而更具美學價值之處在於「意境」開創上的成就。這點在唐代重要詩論如王昌齡《詩格》、皎然《詩式》與司空圖《詩品》中已見其端倪。王昌齡《詩格》云：

> 夫置意作詩，即須凝心，目擊其物便以心擊之，深穿其境。

一九九三年版，頁二二六）謝氏以西洋「現象學」比論唐代文學批評雖然有些不倫不類，但他指出皎然與司空圖之詩論乃「形式」與「本體世界」之契合的意境（境界），這點是頗可參究的。除此之外，李淼《禪宗與中國古代詩歌藝術》、覃召文《中國詩歌美學概論》等等，不少學者都主此說。

[44] 參考郭紹虞〈神韻與格調〉一文所臚列嚴羽以前之詩禪說就有李之儀、曾幾、葛天民、趙蕃、戴復古、楊夢信、徐瑞、范溫、張鎡等等，見《照隅室古典文學論集》，頁一七三～一七八，丹青圖書公司，民七十四年版。

[45] 見杜松柏《禪學與唐宋詩學》，頁一一七。

[46] 見葉朗《中國美學的發端》，頁一一，金楓出版社，民七十六年版。

王昌齡以「凝心」為擊物穿境的依據，又提出「物境」、「情境」、「意境」的對照來顯出「意境，亦張之於意而思之於心，則得其真矣」，顯然此「意境」是內心意識的境界，與禪境有相似之處[47]。

皎然《詩式》有「取境」一節：「取境之時，須至難至險，始見奇句，成篇之後，觀其氣貌，有似等閒，不思而得，此高手也。」其〈秋日遙和盧使君遊何山寺宿揚上人房論涅槃經義〉詩云：「詩情緣境發」，也是把詩的審美情感集中到「境」上，對於這個「境」，葉朗舉劉禹錫〈董氏武陵集記〉之「境生於象外」來詮釋它，認為「境不是一草一木一花一果，而是元氣流動的造化自然」[48]。葉朗之說顯然比較偏重用莊子來了解皎然及唐人「意境」說，未免有失。如依黃景進對意境的考察，他注意到皎然在「意境」之外以「作用」一詞作為輔助，而「作用」實來自佛家。《俱舍論疏記》卷四云：

> 《論》：「思謂能令心有造作」。《正理論》云：「令心造作善、不善、無記。成妙、劣、中性說名為思。由有思故令心於境有動作用，猶如磁石勢力能令鐵有動用。」

---

[47] 關於王昌齡《詩格》保存在日本弘法大師《文鏡祕府論》，黃景進及王夢鷗先生對其真偽內容多有考察，詳見黃景進〈唐代意境論初探〉，淡江大學《文學與美學》第二集及王夢鷗《中國古典文學論探索》。黃景進更認為：「王昌齡將設『境』作為『思』的對象，顯然是應用佛家認識論的觀念，且將詩境歸納為物境、情境、意境等三境，亦似佛家所謂六境。」

[48] 見葉朗《中國美學的開展》，頁一五六，金楓出版社，民七十六年版。

由是看來，皎然詩論源於佛家的內涵不能否認[49]。

司空圖《廿四詩品》在王、皎之後提出「思與境偕」,思與境偕是詩人的藝術靈感和藝術想像與客體之「境」的契合，廿四品中有一中心思想，乃詩的意境必須體現宇宙本體和生命[50]。

綜合以上「意境」論，我們可以確知唐詩藝術的高峰在意境的開創上。體察王維詩歌的美感也正在意境上見真章。然而詩之「意境」說與禪佛之「境界」高下等等，有其妙合之處，通過禪佛之境界觀照，可以深化詩歌意境美是一值得注意的問題。丁福保《佛學大辭典》對「境」及「境界」有一簡略的說明：

> 〔境〕心之所游履攀緣者謂之境。如色為眼識所游履，謂之色境，乃至法為意識所游履，謂之法境。《俱舍頌疏》曰：色等五境為境性，是境界故。眼等五根名有境性，有境界故。
>
> 〔境界〕自家勢力所及之境土。又，我得之果報界域，謂之境界。

佛教認為一切現象均不離「根」、「境」、「識」三類，由之構成十八界，《壇經》云：「悟無念法者，具諸佛境界。」《法苑珠林》卷八云：「諸天種種境界，悉皆殊妙」，由之可見修道

[49] 見黃景進〈唐代意境論初探〉，淡江大學《文學與美學》第二集，頁一五八。

[50] 參考葉朗《中國美學的開展》，頁一五七～一六二。

者內在的層次。禪者本身指向三界之外自性空寂，然禪定功夫高下不同，攝心入禪的過程便有諸多境界，唐僧普光《俱舍論記》卷二云：

> 若元彼色等境，此眼耳等有見聞等取境功能，即說彼色等為此眼等境。功能所託名為境界。如人於彼有勝功能，便說彼為我之境界。

唐僧法寶《俱舍論疏》卷二亦云：

> 有見聞等游履功能名為境界。

心因六根六識與色塵世界之間的作用「游履」而成境界，於詩乃司空圖所謂「思與境偕」，是禪者自我內在的體驗。《成唯識論》卷五云：

> 云何為定，於所觀境，會心專注不散為性，依斯便有抉擇智生。

「定」是為了趣空，返回自性，境不可攀緣，游履諸境則是自心作用，因此險象環生者有之，怪奇蹤忽者有之，內在經驗世界於是萬端紛紜，有助詩人深思。皎然《詩式》曾批評謝康樂：「性穎神徹，及通內典，心地更精，故所作詩，發皆造極，得非空王之道助邪！」便是肯定禪思精微對詩思的助益。我們如進一步從禪法上理解更可得其妙。智顗《修習止觀坐禪法要》「正修行第六」云：

> 所言境者，謂六塵境，一、眼對色；二、耳對聲；三、鼻對香；四、舌對味；五、身對觸；六、意對法。

《說無垢稱經‧觀有情品》云：

> 菩薩觀諸有情，如幻師觀所幻事，如觀水中月，觀境中象，觀芭蕉心。

唐圭峰宗密禪師《禪源諸詮集都序》上之二闡述「密意破相顯性教」云：

> 且心不孤起，托境方生，境不自生，由心故現，心空即境謝，境滅即心空，未有無境之心，曾無無心之境。

有關禪法，資料龐雜不遑贅舉，我們謹以此檢證，即可知道定與心意識作用之間的關係。在禪宗看來，心外之境是「塵境」是虛妄相，只有體認塵境虛妄，才能頓悟自性，解縛解纏，得大自在，其方法是「對境觀心」或「背境觀心」，北禪是「背境觀心」，離境不染，南禪六祖云：「對境心數起，菩提作麼長」，自性不染。有情眾生，六根之間，目耳鼻舌身意，無不縛於色、聲、香、味、觸、法六塵，凝心寂照，很容易細密地體察（尋伺）到塵境幻事，詩人在此境花水月之幻境中，心之起落轉為藝術思維，心相相映的意境於焉而現。唐代詩人多有表示過這種禪思與詩思的結合者，如王昌齡〈同王維集青龍寺曇壁上人兄院五韻〉：

> 本來清淨所，竹樓引幽陰。檐外含山翠，人間出世心。圓通無有象，聖境不能侵。真是吾兄法，何妨友弟深。天香自然會，靈異識鐘音。

周裕鍇《中國禪宗與詩歌》認為王昌齡此詩「性情幽遠，基本風格屬於王、孟派」，也就是「王孟詩派的觀照、構思方式」[51]，這是推考王維詩構思方式與禪法有關的好線索。梁肅〈心印銘〉云：

> 心遷境遷，心曠境曠，物無定心，心無定象。

李華〈潤州鶴林寺故徑山大師碑銘〉：

> 境因心寂，道與人隨。

劉禹錫〈秋日過鴻舉法師寺院便送歸江陵并引〉：

> 能離欲，則方寸地虛，虛而萬象入，……因空而得境，故翛然以清；由慧而遣辭，故粹然以麗。

這與王昌齡「凝心穿境」，皎然「取境」說都有一致的構思方

[51] 參考周裕鍇《中國禪宗與詩歌》，頁一三〇。

式，也就是攝心寂照的功夫。然而這種攝心寂照的功夫本身具有親驗性，無法由經驗轉為知識說解，是「如人飲水冷暖自知」，且是「說是一物即不中」的，因此引起後人大量以禪喻詩來比附說明。

郭紹虞考唐戴叔倫〈送道虔上人遊方詩〉是最早以禪喻詩的文字[52]，其詩云：

> 律儀通外學，詩思入禪關；煙景隨緣到，風姿與道閒。（《全唐詩》卷二七三）

此詩中以禪學與詩學合觀，詩思入禪關則可隨緣觸景，所得詩歌的風姿應是閒遠的。入宋以後這種詩禪合論或以禪喻詩的詩論普遍傳流，杜松柏以為其重心在「法」與「悟」兩點[53]，詩法講「活法」、「妙悟」都緣於此。如曾幾〈讀呂居仁舊詩有懷〉：「學詩如參禪，慎勿參死句」「居仁說活法，大意欲人悟」，葛天民〈寄楊誠齋〉云：「參禪學詩無兩法，死蛇解弄活鱍鱍。」趙蕃〈和吳可學詩〉詩云：「學詩渾似學參禪，要保心傳與耳傳，秋菊春蘭寧易地，清風明月本同天。」戴復古〈論詩十絕〉云：「欲參詩律似參禪，妙趣不由文字傳。」楊夢信〈題亞愚江浙紀行集句詩〉云：「學詩元不離參禪，萬象森羅總現前。」

---

[52] 參考郭紹虞《照隅室古典文學論集》，頁一七四，丹青圖書公司，民七十四年版。

[53] 見杜松柏〈佛禪「法」「悟」於詩論的影響〉一文，《中華文化復興月刊》二三卷十二期、十三期。

詩家由「活法」到「無法」，法的問題已不必贅論，「悟」倒是詩禪相喻的關鍵[54]，嚴羽「妙悟」說已成精闢之見，為後代詩家樂道者，嚴羽提出「透徹之悟」，所謂「不涉理路，不落言筌者上也」「盛唐詩人惟在興趣，羚羊掛角，無跡可求。故其妙處透徹玲瓏，不可湊泊，如空中之音，相中之色，水中之月，鏡中之象，言有盡而意無窮。」（《滄浪詩話・詩辨》）盛唐詩人的妙處在此第一義中。

以禪喻詩的是非得失是綿亙到明清的大問題，本文無意涉入，只權借其綰合重心，以解析王維詩之妙處。至此我們已可得其梗概。詩之妙如禪之妙，禪之妙可助詩之妙，通過禪悟入詩，興象敻迥，虛實有無動靜之間有微妙的變化。我們可以進一步借禪宗美學來掌握其趣。鈴木大拙的「禪」觀有許多值得參考的美學理念，他說：

- 坐禪是表示「坐在瞑想裡」的意思。
- 禪是神秘性、綜合性、直觀性的。
- 在東方心性的作用裡面，似有一種「柔和」的東西，和有一種「靜性」的「默然」的「平然」的東西，常在眺望著「永遠」。
- 「靜寂」……是埋葬了一切的對立，一切的地位的「永遠深淵」的寂靜，同時，它自己是默然坐在「唯一絕對」和「十全之座」沉潛在觀照著過去、現在、未來的自己的作用的「神」的「靜寂」。[55]

---

[54] 同[52]，頁一七七。

[55] 參考鈴木大拙著、李世傑譯《禪佛教入門》頁六、七、八，協志工

鈴木在此不斷提到「永遠」「靜寂」「默然」「十全」等展現出禪宗美學的第一義特徵——「空寂」，此空寂絕非偏枯朽腐，而是活潑萬有，禪坐的瞑想可一窺其美，是直觀的，神祕的精神意識之變化。近人對禪宗美學有許多嘗試性的分析與歸納。如崔元和〈禪宗美學的基本特徵〉一文指出「擺脫羈絆的精神解放、超越概念的直覺思維、物我同一的審美境界」[56]。李世傑〈禪的哲學〉則指出「禪的形而上學之最顯著的特色是『空』」，這個「空」的奧義具六種性質：「無一物性、虛空性、即心性、自己性、自在性、創造性」，由於空，故對客體的認識從「無我」出發，「了了常知」，是「直觀」的行為，由之，時間和空間都沒有意義，過去未來都被包在現在之中，真的現在是一剎那的瞬間一切萬有，動靜一如[57]。太虛大師論〈唐代禪宗與現代思潮〉時特別提到「全體圓融美之精神」，他形容這種圓融無礙之美云：「空谷寒巖，活潑潑水流花放；名場利市，冷湫湫潭淨月明。」[58]金丹元分析「佛陀和意境」指出禪展現一種「凝重的孤獨感」（即寂、靜、默、空），而詩文藝術的「意境」說之中的孤獨（空）意識是「禪意精神深刻之所在」，他同時指出此中「超越的時空觀」及「靈動的無我之境」，而這無我之境是「現量」的活

業叢書，民五十九年版。

[56] 見崔元和〈禪宗美學的基本特徵〉，《五台山研究》一九九一年四月五日～九月廿五日。

[57] 見李世傑〈禪的哲學〉，收於《禪宗思想與歷史》，頁一～一六，大乘文化出版社，民六十七年版。

[58] 見太虛大師〈唐代禪宗與現代思潮〉一文，收於《禪學論文集》，頁二七八，大乘文化出版社，民六十七年版。

用與發揮，現量即藝術思維中之直覺。當他提到唐宋神韻與化境時，特別指出「動定一體」的概念[59]，凡此都只是勾勒出禪意的側影，作為藝術知解之用。

這種詩禪之間的結合，本身既是難以言宣的體驗，同時又是無窮無盡超越時空的，因此當六祖示道時，只是說：

> 世界虛空，能含萬物色象，日月星宿，山河大地，泉源溪澗，草木叢林……總在空中。(《六祖壇經・般若品》)

道安《安般守意經》序也只能舉形象化的語言指月：

> 得斯寂者，舉足而大千震，揮手而日月捫，疾吹而鐵圍飛，微噓而須彌舞，斯皆乘四禪之妙止，御大息之大辯者也。

對於「空寂」之美，禪者只有借色界形象出之，禪與詩同樣在色空之間將經驗世界轉化為心靈世界，皎然〈禪思〉詩云：「空何妨色在，妙豈廢身存，寂滅本非寂，喧嘩曾未喧」(《皎然集》卷六)，對「空寂」之美詮釋得恰得其趣。

禪與詩的思維方式都非分析性的，語言的表達也都非邏輯性的，它們同時指向肯定的主觀的心性[60]，同以「空寂」

---

[59] 參考金丹元《禪意與化境》，頁六六～九七、一六五等，上海文藝出版社，一九九三年版。

[60] 參考周裕鍇《中國禪宗與詩歌》第九章〈詩禪相通的內在機制〉，上海人民出版社，一九九二年版。

為境界，同樣都是直觀的、心物一體、色空一元的，且融合動靜、喧寂、虛實、素彩、有無為一的，剎那間的永恆。

四、王維山水田園詩中空寂的美感

我們以禪喻詩來了解王維詩作並不泛指王維各類詩作，而是專指具「禪悟」美感的作品，王維符合這個標準的作品多半是山水田園詩中取境自然的作品，有些作品運用禪語，顯出禪坐痕跡，但大部份都未涉禪語、禪典，也無禪坐痕跡，完全是不落言筌的自然意境，作者在其中顯出閒淡幽遠的禪趣，是淡泊寂靜中又能群動萬有的空寂，這是王維通過自身「身心相離，理事俱如」(〈與魏居士書〉) 的努力，所發顯的物我交融、生機橫溢、和諧安逸的「空寂」之美[61]。

葛兆光論禪宗的人生哲學與士大夫的審美情趣時，指出禪使文人走向「幽深清遠的林下風流」，這是「中國士大夫追求內心寧靜、清淨恬淡、超塵脫俗」，「自我精神解脫」的表徵，這種禪意人生使士大夫的審美情趣趨向於「清、幽、寒、靜」，「自然適意、不加修飾、渾然天成、平淡幽遠的閒適之情，是士大夫追求的最高藝術境界」，這段話雖非專指王維詩，但已肯定王維對走向這種內心細膩思維的精緻美感之貢獻，葛兆光並進一步分析「幽深清遠」乃「寧靜的無人

[61] 孫昌武《詩與禪》指出王維的詩「多表現物我交融、和諧安逸的境界，一切人生苦難都消融於其中了。」頁一〇三，東大圖書公司，民八十三年版。

之境」、「恬淡的色彩」、「含蓄的感情」之境[62]，這也正是上節論詩禪共同的美感之一。我在這節中將以王維詩作實際檢視。為了讓「空寂」之美易於感知，本節將王維詩分兩部份，一部份是詩中顯出禪跡者，一部份是詩中未顯出禪跡者，前者有跡可溯，後者無跡可尋。

〈藍田山石門精舍〉是王維「有意在自然山水中尋求與自己心靈相協調的境界」，「有意在自然觀照中尋找『安心』、『淨心』的門徑」[63]之作，詩云：

> 落日山水好，漾舟信歸風，玩奇不覺遠，因以緣源窮。
> 遙愛雲木秀，初疑路不同，安知清流轉，偶與前山通。
> 捨舟理輕策，果然愜所適，老僧四五人，逍遙蔭松柏。
> 朝梵林未曙，夜禪山更寂，道心及牧童，世事問樵客。
> 瞑宿長林下，焚香臥瑤席，澗芳襲人衣，山月映石壁。
> 再尋畏迷誤，明發更登歷，笑謝桃源人，花紅復來覿。
> （卷三）

此詩表面看來是在山水中尋津問路，玩奇訪幽，實際上也可看作自然山水與內心世界的交融之作，山水之「好」之「遙」之幽「窮」轉「通」，正是禪悟之跡的映現，捨舟以前與捨舟之後境界自有不同，通首詩指向夜禪山寂，捨舟後不再尋

[62] 參考葛兆光《禪宗與中國文化》，頁一二七～一四〇，天宇出版社，民七十七年版。

[63] 謝思煒《禪宗與中國文學》，頁四七，中國社會科學出版社，一九九三年版。

伺流轉，自可林宿瑤臥，任他澗芳襲人，山月映壁，其間的自得與禪悅是可以會心的。〈終南別業〉一詩在表現禪宗理趣方面也頗值得注意：

> 中歲頗好道，晚家南山陲，興來每獨往，勝事空自知。
> 行到水窮處，坐看雲起時，偶然值林叟，談笑無還期。

此詩以「好道」言筌，「勝事空自知」是禪者內證功夫的美好滋味，與入山林之勝內外交融，是主客體相契，心物一元的表徵，而此「禪悟」之跡正在「行道」一聯，清徐增云：「行到是大死，坐看是得活，偶然是任運，此真好道人行履。」（《唐詩解讀》卷五）這種手法與禪宗公案貴參活句如出一轍，其中，「空寂」的滋味由「窮」而「起」，生機無窮。又如〈飯覆釜山僧〉云：

> 晚知清靜理，日與人群疏，將候遠山僧，先期掃敝廬，
> 果從雲峰裡，顧我蓬蒿居，藉草飯松屑，焚香看道書，
> 燃燈晝欲盡，鳴磬夜方初，已悟寂為樂，此生閒有餘，
> 思歸何必深，身世猶空虛。（卷三）

這首詩與前二詩相較，禪跡更明顯，顯出王維刻意疏離人群求靜，「焚香」、「鳴磬」可以看出他禪修入夜，此中寂樂清閒之美是在言語文字間流露，較少形象化語言，比起來〈過香積寺〉的形象效果更佳：

> 不知香積寺，數里入雲峰，古木無人徑，深山何處鐘，
> 泉聲咽危石，日色冷青松，薄暮空潭曲，安禪制毒龍。

「毒龍」語出《涅槃經》，指內心妄念。全詩從「不知」寫來，在窕冥幽深處，有無之間，鐘聲醒豁，泉咽日冷，這原是王維一番內證境域與香積寺實景的對照融合。〈投道一師蘭若宿〉也有形象化的禪境：

> 一公棲太白，高頂出雲煙，梵流諸壑遍，花雨一峰偏，
> ……
> 洞房隱深竹，清夜聞遙泉，向是雲霞裡，今成枕席前，
> ……

王維對道一（疑為馬祖道一）之道以「梵流諸壑」、「花雨一峰」，形象化表意，而「隱深」、「聞遙」,「枕席」生「雲霞」，更具虛實蹤忽之妙。

在這一類語涉禪跡的作品中，王維雖展現空寂之境，仍如「尾巴子」過不了窗櫺的水牯牛一般，拖泥帶水，但倒也頗能展現禪悟思維增益詩境之空闊與靈動處，其廣大如「山河天眼裏，世界法身中」(卷七〈夏日過青龍寺謁操禪師〉)，其精微如「頹然居一室，覆載紛萬象」(卷三〈謁璿上人〉)，全都是身世寄虛空的紛紜萬象，因此〈謁璿上人〉中的「高柳早鶯」、「長廊春雨」、「床下」、「窗前」，皆屬目擊穿境，是王維身在陋室，心在雲端的心法之跡。故而王維寫〈送權二〉道友能得「芳草空隱處，白雲餘故岑」,〈送韋大夫東京

留守〉能云：「人外遺世慮，空端結遐心」，寫〈新晴晚望〉能用：「新晴原野曠，極目無氛垢」，寫〈奉寄韋太守陟〉則云：「荒城自蕭索，萬里山河空」，詩文中不經意地著一「空」字多達九十餘次，且以「空」與「世慮」、「氛垢」、「蕭索」對照而出。此外，這類著跡之作也常顯出「獨坐」、「閉關」等刻意求靜的痕跡，如〈秋夜獨坐懷內弟崔興宗〉因獨坐而有「夜靜群動息，蟪蛄聲悠悠」的細密體察，顯出「靜息」與「聲」響之間的趣味。〈答張五弟〉詩「終年無客長閉關，終日無心長自閒」，因閉關而得閒逸，〈歸嵩山作〉之「清川帶長薄，車馬去閒閒」下也是「歸來且閉關」，〈歸輞川作〉不僅「惆悵掩柴扉」而且是「獨向白雲歸」，〈淇上即事田園〉云：「靜者亦何事，荊扉乘晝關」，〈過感化寺曇興上人山院〉云：「夜坐空林寂，松風直似秋」，〈秋夜獨坐〉能感知「雨中山果落，燈下草蟲鳴」等等，都是刻意求靜、獨坐（宴坐禪寂）、閉關之下所能體會的山河大地之美，是靜寂之下的喧嘩群動。蘇軾〈送參寥詩〉云：「頗怪浮屠人，視身如丘井，頹然寄淡泊，誰與發豪猛，細思乃不然，真巧非幻影。欲令詩語妙，無厭空且靜，靜故了群動，空故納萬境，閱世走人間，觀身臥雲嶺。……」此說真可貼切形容王維詩中在空端結遐心，在雲嶺藏身，靜中體動，淡泊中寄紛紜的手法。王維對這種趺坐禪寂下的觀照力相當肯定而且親驗實踐，其〈青龍寺曇壁上人兄院集〉序中自云：

> 吾兄大開，蔭中明，徹物外，以定力勝敵，以惠用解嚴，深居僧坊，傍俯人里，高原陸地，下芙蓉之池；竹林果

> 園，中秀菩提之樹。八極氛霽，萬里塵息。太虛寥廓，南山為之端倪，皇州蒼茫，渭水貫於天地。經行之後，趺坐而閑。升堂梵筵，餌客香飯，不起而游覽，不風而清涼，得世界於蓮花，記文章於貝葉。

王維對曇壁上人的境界以「大開」形容之，認為他禪定力能徹物明蔭，「不起而游覽，不風而清涼」，因此其詩云「坐看南陌騎，下聽秦城雞，渺渺孤煙起，芊芊遠樹齊」(卷十一)，這完全是定中所見之境。也間接可證明王維許多視野迥絕，聽動入微的作品，得禪坐之助是可以肯定的。

王維另一類不用禪語、禪典、不露修禪痕跡的作品，其契入空寂之美大有過於前者，也就是前引鈴木大拙所謂「十全之座」，此一「十全」，杜松柏別有「大全」一語，他解釋說：

> 此一「大全」就時間言，從無始以來，即已具有，「有物先天地」，不計新舊，不落古今有無之中；就空間言，無有邊畔，無有方圓大小，其大無外，其小無內；就形相言，無形無相，非大非小，不青不黃，無方無圓，無有上下長短；就主動存在言，能生萬法，不生不滅，本自具足，泯絕對待，本不動搖；……就空有心物而言，非心非物而合心合物，非空非有而亦空亦有。[64]

這種「一即一切，一切即一」的萬有靈動的色空一體的美感，

---

[64] 見杜松柏《禪學與唐宋詩學》，頁八九～九〇。

在王維許多形象化的對句聯語中可以境臨身切地感受到，如：

> 竹喧歸浣女，蓮動下漁舟。（卷七〈山居秋暝〉）
> 嫩竹含新粉，紅蓮落故衣。（卷七〈山居即事〉）
> 白雲迴望合，青靄入看無。（卷七〈終南山〉）
> 野花蘩發好，谷鳥一聲幽。（卷七〈過感化寺曇興上人山院〉）
> 泉聲咽危石，日色冷青松。（卷七〈過香積寺〉）
> 樹色分揚子，潮聲滿富春。（卷七〈送李判官赴江東〉）
> 山臨青塞斷，江向白雲平。（卷八〈送嚴秀才還蜀〉）
> 塞闊山河淨，天長雲樹微。（卷八〈送崔興宗〉）
> 江流天地外，山色有無中。（卷八〈漢江臨汎〉）
> 窗中三楚盡，林上九江平。（卷八〈登辨覺寺〉）
> 大漠孤煙直，長河落日圓。（卷九〈使至塞上〉）
> 雨中草色綠堪染，水上桃花紅欲然。（卷十〈輞川別業〉）
> 漠漠水田飛白鷺，陰陰夏木囀黃鸝。（卷十〈積雨輞川莊作〉）

這些景象鮮活，色澤潤麗的形象語，本身具有豐足的意涵，前人多以「詩中有畫，畫中有詩」賞玩之，但如能以禪喻詩，更能別具隻眼。柯慶明分析王維詩中常見的技巧，發現「王維詩中的自然不是三度空間之自然，而是浸漬在時間之內的四度空間之自然。自然在此不是靜態的被刻鏤，而是動態的被感受而把握。光影、音響、水、鳥、雲、雨等都再三的被用來完成這種效果，因而構成了王維詩中普遍存在的時間意識的主題。」[65]這段話如果我們對應李世傑分析禪的特質來看：「時間在剎那的現在中，有空間化的方面，把時間來空間化，把空間來時間化的東西就是『自由的行為』。『自由的行為』是般若直觀的大行為。」[66]這裡我們可以用「剎那間的永恆」「一境中的萬有」來看王維在境中所融塑的時間性，及其靜中的動態感，也就能了解柯氏所謂「四度空間之自然」。高友工認為:「王維把握了一個動作到另一動作間毫不費力也不刻意安排的轉換，但每個動作在整體經驗中都恰如其分，世界是即自完滿的，並且其中每一刻都充滿意義。事件在時間之流中的無心性(cosualness)，及人的視野在空間延展中的完整性 (completeness)，很容易和律詩既有的美典結合在一起。獨立詩聯的並列造成一種偶然的連續性，而每一偶聯的自足性可以用來表現完滿世界的一刻。」[67]這段話真是精微地貼合詩入禪思時在時間與空間之間的創造性，一切都幻化無跡，又極自然豐足。

王夫之《夕堂永日緒論》對這種語意自足，境界現前的詩句曾用佛家比量、現量來分析它：

> 若即景會心，則或推或敲，必居其一，因景因情，自然靈妙，何勞擬議哉？「長河落日圓」初無定景，「隔水問樵夫」初非想得：則禪家所謂現量也。（內編第五條）

---

[65] 參考柯慶明〈試論王維詩中常見的一些技巧和象徵〉，收在《境界的探求》，頁二四〇，聯經出版事業公司，民六十六年版。

[66] 參考李世傑〈禪的哲學〉，《禪宗思想與歷史》，頁一二。

[67] 參考高友工〈律詩的美典〉下，《中外文學》十八卷第三期。

又云：

> 禪家有三量，唯現量發光，為依佛性，比量稍有不審，便入非量。（內編）

現量是「直觀」的美感，是自性之發露，不假修飾，不思不議的，王維詩句圓悟自然，具足「目擊」、「當下」之直觀性，可為現量之美。王夫之並王藉〈入若耶溪〉之「蟬噪林逾靜，鳥鳴山更幽」為比較，認為王藉詩著「逾」、「更」二字，終只是比量而已。《因明入正理論》說：「能立與能破，及似唯悟他，現量與比量，及似唯自悟」，禪者悟否，唯現量可知，比量已成分別，有「能」、「所」相對量，唯現量能所俱泯，方是真知，這原是佛家因明學範疇，是一種嚴密的思維方式，現量的直觀美是正智於色，也就是色空一體的，是正念與世界之圓融，也是無我之境。王夫之以之來看王維詩，頗能傳釋出不可言說的由自性所顯露的直覺美。

王維「空寂」之美最高的體現在輞川系列的自然山水詩中達到高峰。明胡應麟《詩藪》認為：

> 右丞卻入禪宗，如人閒桂花落，夜靜春山空，月出驚山鳥，時鳴春澗中。木末芙蓉花，山中發紅萼，澗戶寂無人，紛紛開且落。讀之身世兩忘，萬念皆寂，不謂聲律之中，有此妙詮。（內篇下）

清王士禎《帶經堂詩話》云：

> 嚴滄浪以禪喻詩，余深契其說，而五言尤為近之，如王裴輞川絕句，字字入禪。他如「雨中山果落，燈下草蟲鳴」，「明月松間照，清泉石上流」，……妙諦微言，與世尊拈花，迦葉微笑，等無差別。

胡王二人把王維妙悟之美共同指向輞川絕句，王士禎還論到上述已陳的寫景現自足世界的聯語，認為與禪宗源頭靈山法會上世尊示法，拈花微笑的剎那等無差別。詩家舍筏登岸後，禪境已成詩中化境，王維輞川山水絕句，不僅傳達這種圓融活化的機趣，也具足直觀的美感，這種美感在靜寂趣空的閒逸中有萬般滋味。正是我所謂的「空寂」之美。

> 空山不見人，但聞人語響，返景入深林，復照青苔上。（〈鹿柴〉）
>
> 獨坐深林裡，彈琴復長嘯，深林人不知，明月來相照。（〈竹里館〉）
>
> 人閒桂花落，夜靜春山空，月出驚山鳥，時鳴春澗中。（〈鳥鳴澗〉）
>
> 木末芙蓉花，山中發紅萼，澗戶寂無人，紛紛開且落。（〈辛夷塢〉）

這些詩中都有「空山」、「深林」、「寂無人」等共同的特徵——「空寂」之美，也都具有「獨坐」、「人閒」、「靜」的況味，但靜寂中又有人語，不知中又有明月，山空下又有鳥鳴，花開水流，兀自存在。〈鹿柴〉中的「空山不見人」，卻聞人語響，〈竹里館〉中的「幽」「嘯」，一靜一喧。在空寂的世界裡有光影游移，在深林覆密的幽微裡有明月如恆，王維充份掌握了虛空中的萬象變化，與瞬息間的永恆感受。〈鳥鳴澗〉在人閒山空的靜寂之境忽生萬有，月出鳥鳴，機趣洋溢，〈辛夷塢〉中澗戶無人，山花紛紛開落，現其紛然萬象，都顯出靜中群動，剎那萬有，一即一切，一切即一之間的統合。禪者「一瞬超於累劫」、「心融物外」，自能呈現這種境界。清黃周星《唐詩快》卷十四云：「此何境界也，對此有不令人生道心者乎！」就是對這種空寂之美的讚嘆。

孫昌武《佛教與中國文學》一書對此妙悟境界有三說解：一、渾然一體的，二、生動活潑的，三、情景交融的[68]。這對王維輞川詩之美也可傳示一、二，我們可輔以王維為後人稱道的許多作品來看。釋惠洪《冷齋夜話》盛讚王維〈山中〉詩以為詩得天趣，只能會意，不能言傳：

荊溪白石出，天寒紅葉稀，山路元無雨，空翠濕人衣。

杜松柏以前二句「謂象窮道現，體由用顯」，後二句乃「道無形質」[69]，在溪水清處白石自現，在天寒時窮紅葉獨生，正合象窮道現之旨，而無雨濕衣，則依違在有無之間，無跡可尋。〈木蘭柴〉也是展現寂斂之餘紛藉活潑的趣味：

---

[68] 見孫昌武《佛教與中國文學》，頁一〇七，上海人民出版社，一九八八年版。

[69] 見杜松柏《禪學與唐宋詩學》，頁三三六。

秋山斂餘照，飛鳥逐前侶，彩翠時分明，夕嵐無處所。

秋山既斂，又滿山彩翠，其色斑斕，無處不在，正是色空一體，道無形質的自然流轉。《楞伽經》偈云：「彩色本無文，非筆亦非素，為悅眾生故，綺錯繪眾象。」筆素之間多元色相本是空無而生，王維此詩正是色空不二的寫照。

清趙殿成在〈王右丞集箋注序〉云：「右丞通於禪理，故語無背觸，甜徹中邊，空外之音也。」[70]近人釋道元認為：「在這些詩裡，自然景物都變成演說佛法的依據，閃耀出禪光佛影，使人領悟到『真如佛性』存在於宇宙萬物之中」[71]，王維詩中空寂之美，當如是觀。

姜光斗〈王維輞川詩與南宗禪〉一文指出輞川詩中受南禪禪理影響，留下四種類型的詩：「一是直接寫詩人參禪活動的詩，二是直接闡述禪理的詩，三是景物描寫中滲透禪趣的詩，四是體現頓悟審美方式的詩」[72]，如以這種分法來看，王維輞川詩具足的「空寂」美感應不在參禪活動的描述或直接闡述禪理上，應屬於杳無形跡，不落言筌的契道之美，也就是姜氏的三、四兩類。黃叔燦《唐詩箋注》云：「輞川諸詩，皆妙絕天成，不涉色相。」俞陛雲《詩境淺說續編》云：「輞川集中如〈孟城坳〉、〈欒家瀨〉諸作，皆閒靜而有深湛之思。」又云：「東坡《羅漢贊》：『空山無人，水流花開』，世

---

[70] 見《王右丞集箋注》，世界書局版，頁一。

[71] 見道元〈談「詩佛」──王維〉，內明一九六期。

[72] 此文收於《中國首屆唐宋詩詞國際學術討論會論文集》中，江蘇教育出版社，一九九四年版。

稱妙悟，亦即此詩之意境。」胡應麟《詩藪》云：「右丞輞川諸作，卻是自出機軸，名言兩忘，色相俱泯。」[73]，凡此都是指向王維這種「空寂」之美的高妙處而論。

五、結　語

王維詩中「空寂」之美在「不立文字不著言語」的禪風中演出，在禪修宴坐中體察精微，超象物外，在身心相離中「任性」「無念」地顯出幽深清遠的林下風流（《竹坡詩話》評禪詩語），「空寂」的世界是澄淨的、靈動的，是王維心靈深處的境象外顯，是真空萬有，色空融合的直觀顯露。不管是「以禪喻詩」或「以禪入詩」，其間已趨「詩禪一致」而無形無執[74]。這種詩禪交融的效果在唐詩「意境」開創上走向高峰，在王維詩中的「空寂」之美顯出勝義，是嚴羽所謂「第一義詩」之流，是司空圖所謂「澄澹精致」「韻外之致」「味外之旨」的最高典型。蘇東坡詩云：「溪聲便是廣長舌，山色豈非清淨身。」也許以禪喻詩或詩禪一致論容易造成漫汗過泛之病，但用在詩佛王維身上，不正顯出「詩為禪客添花錦」「禪為詩家切玉刀」的雙重效果，王維詩正是詩歌美感經驗與禪之美感經驗的正法眼藏。

---

[73] 以上資料收於《千首唐人絕句》集評中，見頁一一七、一一八，上海古籍出版社，一九九五年版。

[74] 以禪喻詩是詩法妙悟論，以禪入詩是禪思想在詩中的顯現，王維二者兼得。孫昌武《詩與禪》認為「詩禪一致」比「以禪喻詩」更進一境（其書頁三三）。

第五章　白居易詩中莊禪合論之底蘊

一、前　言

白居易一生綜合著儒、道、釋三家思想的色彩，其詩云：「外服儒風，內宗梵行」又云：「身著居士衣，手把南華篇」、「身委逍遙篇，心付頭陀經」❶，由之可以看出白氏一生思想的表裡內外，特別是禪與道，是白居易晚期思想的重心，引起學界的關注與討論，從陳寅恪先生〈白樂天之思想行為與佛道關係〉一文❷，到羅聯添先生〈白居易與佛道關係重探〉❸，再到孫昌武先生〈白居易與洪州禪〉❹，這三篇文章分別代表學界對白居易佛道思想成份之辨析路徑的三階段，形成白居易在佛道合一，莊禪並陳下，一個有趣的公案。本文受此路徑的啟發，肯定孫昌武先生提出「洪州禪」

---

❶ 見朱金城《白居易集箋校》卷十四〈和夢遊春〉詩序、卷六〈遊悟真寺〉、卷二〈和答詩十首・和思歸樂〉等詩。本文所引白詩卷數皆以此箋校本為主。

❷ 見陳寅恪《元白詩箋證稿》，收於《陳寅恪先生文集》冊三，里仁書局，民七十一年版。

❸ 此文收於羅聯添《唐代文學論集》，學生書局，民七十八年版。

❹ 見孫昌武《詩與禪》，頁二〇一～二二〇，東大圖書公司，民八十三年版。

合佛道為一的看法，因之再增補莊禪合轍的內涵、檢視禪宗發展歷史與白居易詩中莊禪合論之相關資料，希望將白氏佛學內涵中莊禪合論的真象更具體地揭示出來。

二、白詩入莊入禪之歷史公案

白居易思想的佛道成份，是唐宋以來論者屢屢評論的重點之一，唐司空圖有詩云：「甘心七十且酣歌，自算平生幸已多。不似香山白居易，晚將心事著禪魔。」❺顯然司空圖對白居易篤信佛教略有微詞。司空圖著眼於「詩」，視白居易以禪為重乃為著禪魔，但因此也證實白居易的佛學信仰之不虛。宋晁迥則是第一位指出白詩兼合莊禪者，《法藏碎金錄》卷五云：「白樂天有詩云『是非都付夢，語默不妨禪。』……是非都付夢，南華真人指歸。語默不妨禪，竺乾先生指歸也。」❻可惜晁迥此說歷來都無承應者，直到孫昌武先生才在此莊禪合流上著意。綜觀唐宋以降，有關白詩入禪入道之間的評論約有三端：

㈠肯定白居易禪佛修養者

從唐李紳〈題白樂天文集〉：「寄玉蓮花藏，緘珠貝葉扃，院閒容客讀，講倦許僧聽。」到宋蘇轍〈書白樂天集後二首〉云：「樂天少年知讀佛書，習禪定。既涉世，履憂患，胸中

❺ 見《四部叢刊》影印《唐音統籤》卷七〇七。

❻ 見陳友琴《白居易資料彙編》，頁三二，北京中華書局，一九六二年版。

了然，照諸幻之空也。」金元好問〈感興四首之二〉云：「詩印高提教外禪，幾人針芥得心傳，并州未是風流域，五百年中一樂天。」到清查慎行《白香山詩評》認為白詩〈感悟妄緣題如上人壁〉深於禪悟、〈神照禪師同宿〉境界難到、〈戲禮經老僧〉能解者可以面壁九年不立文字❼等等，凡此都是推崇白居易禪佛修養的言論。

㈡認為白居易先道教後佛教者

蘇軾《東坡志林》卷一云：「樂天作廬山草堂，蓋亦燒丹也，欲成而爐鼎敗。來日忠州刺史除書到，乃知世間、出世間，事不兩立也。」姚寬《西溪叢語》卷下云：「樂天久留金丹為之而不成也。……晚年藥術竟無所得，乃歸依內典耳。」清趙翼《甌北詩話》卷四云：「元和中，方士燒鍊之術盛行，士大夫多有信之者，香山作廬山草堂，亦嘗與鍊師郭虛舟燒丹，垂成而敗。……〈勸酒〉詩云：『丹砂見火去無跡。』〈不二門〉詩云：『亦曾燒大藥，消息乖火候。至今殘丹砂，燒乾不成就。』蓋自此以後遂不復留意。」❽凡此可見白居易先道教後佛教者。

㈢責備白居易學佛不深，乞靈外道者

宋阮閱《詩話總龜》引《西清詩話》云：「世稱白樂天學佛，得佛光如滿時趣，觀其『吾學空門不學仙，歸則須歸兜率天』之句，則豈解脫語也。」袁枚《小倉山房文集》卷

❼ 以上所引同上書，頁四、四四、一八一、二六九、二七一、二九九。
❽ 以上所引同上書，頁三九、八六、三三。

二十云：「韓子闢佛太迂，白傅佞佛太愚。」陳繼輅《合肥學舍札記》卷六云：「香山文行，都無可議，白璧微瑕，正在『外襲儒風，內宗梵行』二語。樂天知命之學，當於《論語》、《孟子》中求之，何必乞靈外道?」[9]這一類的說法，顯然對白氏學佛不表肯定。

以上環繞白居易或禪佛或道教的諸家評論，無形中形成一撲朔迷離的公案，故而陳寅恪在〈白樂天之思想行為與佛道關係〉一文中便傾向「白公外雖信佛，內實奉道」「樂天之思想乃純粹苦縣之學，所謂禪學者，不過裝飾門面之語」的結論[10]，陳先生舉證白詩學道之作歷歷，肯定白居易與道家道教的關係之深殆無疑問，但是否深過於佛教，則待商榷。其後羅聯添先生重探白居易與佛道關係，認為白居易表現道家思想與道教關係似在接觸佛教之後，白氏結交僧徒從貞元時代始未曾中斷，「交遊一半在僧中」，禪學修養深厚，思想言行實受禪學影響為多[11]。羅先生此文翻案出新，全面檢索白居易佛道相關作品，同時也肯定白居易兼受佛道影響之深。此後孫昌武先生〈白居易與洪州禪〉一文再出新見，認為「白居易思想表現佛老，特別是禪莊交流，與洪州禪相一致。……實際上洪州禪進一步吸收儒與道的內容，將三者交融貫通，正是禪宗這一佛教宗派徹底完成其中國化過程的表現。老莊與禪在白居易那裡不是對立的，而正是他接受洪州禪的結

[9] 同上，頁六九、三〇一、三四九。

[10] 見《陳寅恪全集》冊三，頁三二八。

[11] 羅氏文〈白居易與佛道關係重探〉收於《唐代文學論集》下冊，頁五八七。

果。」[12]孫先生的說法，使白居易此一公案在前修未密，後註轉精下得到圓滿的解答，不僅能增補羅先生肯定白居易佛學修養之說，也彌平了佛道二轍矛盾對立的無謂比較。

三、中唐禪學的發展與白居易學佛的歷程

白居易的學佛時間，一般聯想在他貶江州，仕途困蹇時期，也有認為在白氏丁母憂喪金鑾子愛女時期[13]，這些說法與白居易詩涉禪佛的歷史相違。羅聯添據日人芳房英樹《白氏文集の批判的研究》一書考定貞元十六年白居易即有〈客路感秋問明準上人〉、〈題贈定光上人〉、〈旅次景空寺宿幽上人院〉、〈感芍藥花寄正一上人〉四首關涉佛理、寄問上人的作品，白居易與佛徒交往似當始於廿九歲青年時期[14]。蘇轍〈書白樂天集後二首〉云：「樂天少年知讀佛書，習禪定。」[15]

---

[12] 見孫昌武《詩與禪》，頁二〇九～二一〇。

[13] 韓庭銀《白居易詩與釋道關係之研究》民七十三年政大中文碩士論文與劉維崇《白居易評傳》商務民六十三年版，均以元和十年貶江州時期為白氏學佛起點；俞炳禮《白居易研究》師大民七十七年博士論文則持元和六年白氏喪母失女時期之說；楊宗瑩《白居易研究》文津民七十四年版認為起於貞元二十年之〈八漸偈〉；施鳩堂《白居易研究》天華民七十年版則認為由少時〈感芍藥花寄正一上人〉詩徵之，白居易十七八歲時應已入佛門。

[14] 羅氏〈白居易與佛道關係重探〉一文所考，其詩歌繫年與朱金城《白居易集箋校》相吻合。孫昌武〈白居易的佛教信仰與生活態度〉一文亦持「青年時期」之說，見氏著《唐代文學與佛教》，頁九八，谷風出版社，民七十六年版。

[15] 見蘇轍《欒城後集》卷二十。

白居易〈病中詩十五首序〉亦自云:「早栖心釋梵」⓰,可見諸說中以羅先生貞元十六年之論最為可信。

由於羅先生一文對白居易學佛歷程與詩作已有詳實徵考,本文不再贅論,僅在此配合中唐禪學的發展流派與分佈地理,來考辨白居易佛學思想之內容,以證實白居易與洪州禪的關係洵為確論。

據顏尚文所考隋唐佛教有十五宗之多⓱,湯用彤《隋唐佛教史稿》亦列論三論、天台、法相、華嚴、戒律、禪、淨土、真言、三階等九宗⓲,然三論宗於唐貞觀以後漸衰,天台於安史亂後亦甚式微,法相在唐玄宗時尚有智周、如理、道氤等師,但其後亦寂然無聞⓳。各宗之中影響力能盛及中晚唐者以華嚴、戒律、禪、淨為主。據顏尚文所考,習禪與講論涅槃盛行於南北朝時期,隋唐的習禪與涅槃風尚係承前期而來。中唐以後,涅槃、三論、攝大乘論風尚迅速衰落,習禪、明律、習講法華者增多,其後禪宗在各宗中領有絕對優勢,密、律、淨為次,華嚴、唯識漸衰⓴。

從地理分佈與高僧傳法的情形來看,中唐時長安一帶禪宗佔最高比率,代宗時召慧空入京,憲宗徵懷暉、惟寬,均在京師活動,同時亦有密、律、淨宗傳法。東都洛陽有名寺荷澤寺、安國寺、景福寺、香山寺,神會曾在此宏揚禪宗。

⓰ 見朱金城《白居易集箋校》卷三五。

⓱ 顏尚文《隋唐佛教宗派研究》,國立師範大學歷史研究所專刊(六)。

⓲ 見湯用彤《隋唐佛教史稿》,北京中華書局,一九八二年版。

⓳ 同上,頁一二六、一四〇、一五七。

⓴ 同⓱,頁二五七~二九四。

全國其他各州縣中陝西以圭峰宗密長居，山西并州有禪宗智滿，河南嵩山少林寺有習禪名師惟寬、一行，習法華的曇光，浙江杭州以禪、律為主，越州有禪宗惟寬、印宗，江西洪州有禪宗道一、希運，廬山有禪宗智常、法藏、天台普明，江州有禪宗神湊等等㉑。

從中唐時間片段與空間分佈看來，禪已超越各宗一枝獨秀，而且朝一花開五葉的法門分系發展。主漸修的北宗至此漸衰，南宗慧能門下神會的荷澤宗在盛唐時力抗北宗至此也告衰落，獨馬祖道一的江西宗和希遷的石頭宗分別發展為南宗兩大派。道一上承南嶽懷讓，世稱「南嶽派」，希遷上承青原行思，世稱「青原派」。南宗因重頓悟，傳心法，不立文字，心法的傳承中又衍生溈仰、臨濟、曹洞、雲門、法眼等派別來，形成南宗禪的「五家七宗」。南嶽派馬祖以下，弟子弘法以洪州（江西南昌）為中心，青原一派藥山惟儼一系亦多駐錫江西、湖南、河北㉒，成為中唐禪宗重鎮。

中唐佛教以禪為主，禪的發展至此又以南宗禪為傳承，白居易處德宗貞元、憲宗元和、長慶時期，正是南宗禪中期發展階段。此階段之禪學，胡適稱之為「新佛教的禪學」，在中國佛教中是內部革新運動，在印度沒有，是中國化的一種宗教㉓。特別是馬祖道一及其門下所創建的「洪州宗」，是中唐大曆、貞元、元和間最重要的南宗禪門派。葛兆光稱此為「禪思想史上的大變局，至此，中國禪才徹底擺脫了印度禪

㉑ 同上，頁三〇五～三二六。

㉒ 見李潔華〈唐宋禪宗之地理分佈〉，《新亞學報》十三卷。

㉓ 見胡適〈禪宗史的一個新看法〉，《胡適言論集》甲編。

的籠罩，奠定了中國禪『自然適意』的基調」㉔。

白居易佛學思想的學習路徑未必只有禪學，據孫昌武先生考定，白詩中有淨土、牛頭禪等思想，並不拘泥一宗一派，但其中以「洪州禪」對他影響尤大㉕。我們如通過白居易作品涉及的經典、僧人及修持方法加以觀察，也能辨析出白居易佛學內涵的歸屬。

白居易往來僧徒極多，其中宗派承衍確切可考者有智常、惟寬、神湊、寂然、宗密、神照、如滿等㉖。智常是南嶽派

㉔ 見葛兆光〈禪思想史的大變局〉，《中國文化》第七期。

㉕ 見孫昌武〈白居易與洪州禪〉，收於《詩與禪》，頁二〇一。

㉖ 有關白居易與諸禪師上人往來的詩文如卷九〈客路感秋寄明準上人〉、〈題贈定光上人〉，皆白居易貞元十六年在長安之作。卷十〈因沐感髮寄朗上人二首〉為元和十二年於江州作。卷十三〈送文暢上人東遊〉為元和二年白居易任盩厔尉時作。卷十三〈感芍藥花寄正一上人〉作於貞元十六年以前。卷十四〈贈別宣上人〉約作於元和三年至五年，在長安任翰林學士時。卷十五〈廣宣上人以應制詩見示因此贈之詔許上人居安國寺紅樓院以詩供奉〉作於元和十年，白居易任左贊善大夫。卷十五有〈恆寂師〉、〈苦熱題恆寂師禪室〉等，作於元和十年。卷十六〈晚春登大雲寺南樓贈常禪師〉作於元和十一年江州司馬時期。卷十六〈宿西林寺早赴東林滿上人之會因寄崔二十二員外〉、〈正月十五日敵東林寺學禪偈懷藍田楊主簿因呈智禪師〉皆作於江州時期。卷十七〈興果上人歿時題此決別兼簡二林僧社〉作於元和十二年，白為江州司馬時期，興果上人即神湊禪師，卷四一白居易另有〈唐江州興果寺律大德湊公塔碣銘〉。卷十七有〈贈曇禪師〉作於元和十三年。卷十八有〈戲贈蕭處士清禪師〉作於元和十五年忠州刺史時期。卷十九〈春憶二林寺舊遊因寄朗滿晦三上人〉、〈寄白頭陀〉、〈蕭相公宅遇自遠禪師有感而贈〉皆作於長慶元年，白頭陀乃白寂然，卷六八有〈沃山禪院記〉亦記之。卷二十有〈題靈隱寺紅辛夷花戲酬光上〉、〈內道場永讙上人就郡見訪善

馬祖道一傳人，元和中駐錫廬山歸宗淨院，白居易至江州曾求智常禪師為他醫治煩惱，師只勸他讀《楞伽經》。惟寬也是道一傳人，貞元六年始行化於閩越間，七年於會稽，八年於鄱陽，十三年於少林寺，元和四年憲宗曾詔入京師。白在京為贊善大夫時，曾四詣興善寺傳法堂，四問道於惟寬，以師事之，惟寬歿後，白還曾為作傳法堂碑。神湊亦為道一弟子，志在《楞嚴經》，行在四分律，大曆八年制懸經律論三科策試天下山家，湊膺是選，詔配九江興果精舍。白居易至江州曾與神湊遊，白廬山草堂落成，神湊也曾參與盛會，元和

說維摩經臨別請詩因以此贈〉、〈題清頭陀〉等皆作於長慶三、四年間白居易刺杭州時。卷二一〈題道宗上人十韻〉作於大和元年。卷二二〈秋遊平原贈韋處士閑禪師〉作於大和四年於洛陽太子賓客分司。閑禪師即清閑，神照弟子，白氏卷二七有〈贈清閑上人〉、卷三十〈題天竺南院贈閑元旻清四上人〉、卷三一〈喜照密閑實四上人見過〉、卷三五〈答閑上人來問因何風疾〉、卷三六〈夏日與閑禪師林下避暑〉均係酬清閑之作。卷二三〈天竺寺送堅上人歸廬山〉作於長慶四年。卷二三〈問遠師〉、〈遠師〉、卷二八〈對小潭寄上人詩〉皆同指一人。卷二四〈答次休上人〉作於寶曆二年刺蘇州時。卷二五〈感悟妄緣題如上人壁〉，卷六八〈如信大師功德幢記〉二詩同指一人。卷二五〈與僧智如夜話〉作於大和元年在長安任祕書監時，卷六九又〈東都大德長聖善寺鉢塔院主智如和尚茶毗幢記〉、卷二七〈鉢塔院如大師〉乃為一人。卷二七有〈神照上人〉、卷二九〈神照禪師同宿〉、卷三一〈喜照密閑實四上人見過〉、卷七一〈唐東都奉國寺禪德大師照公塔銘並序〉皆酬神照之作。卷三十〈贈華堂宗密上人〉作於大和七年洛陽太子賓客分司。卷三二〈送宗實上人遊江南〉與卷二七〈贈宗實上人詩箋〉同指一人。卷三五〈山下留別佛光和尚〉，佛光即僧如滿，白詩卷七一有〈佛光和尚真贊〉皆為一人。卷四一〈與濟法師書〉等等，以上酬作皆白氏往來重要僧徒。

十二年坐化，白居易題詩為別，並為碣銘。至於寂然則屬獨家，並無宗系。宗密師承道圓、澄觀，涉禪、律、華嚴、唯識、地論等，元和二年偶謁道圓，欣然慕之，後集諸宗禪言為禪藏，可歸屬禪宗荷澤系下。在洛時與白居易交往，白有〈贈草堂宗密上人詩〉贊揚之。神照為毘曇宗空法師弟子，時稱「河南一遍照」，又於鄴下休法師所聽大乘論，亦為攝論宗系，元和年間駐錫廬山東林寺，與白居易同遊，後至洛陽奉國寺開壇，白居易亦從遊。白居易詩中還提到清閑、宗道上人，皆神照弟子。白捐資修香山寺即請閑上人主其事，白居易〈題道宗上人十韻〉稱宗為「律師」，顯然道宗也涉律學。此外有智如律師秉律六十年，白居易每歲從師授八關戒者九度。又嵩山如滿為禪宗南嶽下第三世法嗣，皆與白相追遊㉗。從以上高僧法系來看，白居易兼從禪、律、華嚴、毘曇諸師遊，但主要以南嶽派之智常、惟寬、神湊、如滿為主。

再從白詩佛學內容來看，白居易接觸的經典以《涅槃經》《陀頭經》《法華經》《維摩詰經》《金剛經》《楞伽經》《楞嚴經》《六祖壇經》《法句經》《華嚴經》等為主。白居易〈和答詩十首・和思歸樂〉云：「身委逍遙篇，心付頭陀經。」（卷二）〈和夢遊春詩百韻〉自注：「微之常以法句及心王頭陀經相示。」（卷一四）〈新磨鏡〉云：「鬢毛從幻化，心地付頭陀。」（卷一四）〈眼暗〉詩云：「千藥萬方治不得，唯應閉目學頭陀。」（卷一四）〈見元九悼亡詩因以此寄〉云：「人間此病治無藥，唯有楞伽四卷經。」（卷一四）〈晚春登大雲寺南

㉗ 以上諸僧人法系參考顏尚文《隋唐佛教宗派研究》所考。

樓贈常禪師〉云：「求師治此病，唯勸讀楞伽。」（卷一六）〈晚起閑行〉云：「西寺講楞伽，閑行一隨喜。」此外，〈與濟法師書〉（卷四五）提到《維摩》、《首楞嚴三昧》、《法華》、《金剛》諸經，〈唐江州興果寺大德湊公塔碣銘并序〉（卷四一）強調《首楞嚴經》，又云「本結菩提香火社，共嫌煩惱電泡身」，其中電泡身語出「金剛經偈」，〈三教論衡〉中（卷六八）白居易問僧《維摩經・不思議品》，〈蘇州重玄法華院石壁經碑文〉（卷六九）中白居易論法華經義，〈祭中書韋相公文〉談《華嚴經・十願品》（卷六九），〈華嚴經社石記〉（卷六八）亦論華嚴經義，〈僧院花〉（卷一六）以「華嚴偈」擬花，皆為華嚴經類。〈東都十律大德長聖善寺缽塔院主智如和尚茶毗幢記〉（卷六九）提到《涅槃經》。另〈寓言題僧〉云：「劫風火起燒荒宅」（卷二十）、〈自悲〉云：「火宅煎熬地」（卷一七）、〈贈曇禪師〉云：「欲知火宅焚燒苦」（卷一七）皆用《法華經》「火宅」喻。〈病中看經贈諸道侶〉自註用《涅槃經》、《維摩詰經》（卷三六）。〈開龍門八節石灘詩二首〉自註用《佛名經》及《涅槃經》（卷三六）。〈老病幽獨偶吟所懷〉、〈罷炙〉皆自註用《維摩經》（卷三五），〈答閑上人來問因何風疾〉亦用《維摩經》文殊問疾（卷三五），〈自詠〉詩中自喻為「今日維摩兼飲酒」（卷三一），〈東院〉云：「淨名居士經三卷」（卷二十），淨名即維摩詰也，〈夜從法王寺下歸嶽寺〉云：「舁出淨名翁」，亦以維摩詰（淨名）自喻（卷二七）。此外獨〈味道〉一詩提到《壇經》（卷二三），凡此皆白居易詩文中屢屢提及的經典。熟知禪宗史者都知道《楞伽》、《金剛》、《壇經》、《楞嚴》乃禪宗歷代相傳重要典籍，據阿部肇一《中國禪宗史》所考：

> 有關達摩的實際行蹤，雖有很多的研究，但一般認為其教旨，主要在於《楞伽經》。爾後在中國，有關禪義教典的演變有：《維摩經》—《圓覺經》—《華嚴經》—《法華經》—《般若經》—《金剛經》。而《金剛經》尤其顯得最為平易，其於中國思想化的一面更為濃厚㉘。

因此，我們不論從禪宗歷史發展與地理分佈、白居易佛法師承與白居易濡涉經典來看，都可以肯定白與禪宗的關係高過律、密、淨諸宗。而且，白居易在〈夢裴相公〉云：「自我學心法，萬緣成一空。」(卷十)〈贈杓直〉云：「近歲將心地，迴向南宗禪。」(卷六)〈初出城留別〉云：「心安是歸處。」(卷八) 從這些自白也可以看出白居易修習南宗禪心法。據孫昌武先生考定，元和十一年，白居易〈答戶部崔侍郎書〉就提到彼此「常以南宗心要互相誘導」㉙，可以看出白在元和年間就已傾心南宗禪，而中唐此時的南宗禪正是前面所云馬祖道一和石頭希遷傳下的兩系，但白居易在地緣與師承上乃馬祖一系的洪州禪，為白居易接引的師父正是道一傳人之智常、惟寬、再傳之神湊及三傳之如滿等人。

㉘ 見關世謙譯、阿部肇一《中國禪宗史》，東大圖書公司，民八十年版，頁七之附註一。

㉙ 見孫昌武《詩與禪》，頁二〇二。

四、莊禪合流與洪州禪

所謂「洪州禪」指馬祖道一及其門下所傳的禪宗教法。據孫昌武所考：

> 洪州禪的提法出自宗密《中華傳心地禪門師資承襲圖》。按燈史一般說法，六祖慧能以後，荷澤神會一系未大顯，發展南宗禪的是南嶽懷讓和青原行思；南嶽傳馬祖道一，青原傳石頭希遷，嗣是衍為五家，禪門達於極盛。但真正發展了南宗禪思想體系的是最終傳法洪州的馬祖道一，被稱為「洪州禪」。[30]

葛兆光〈禪思想史的大變局〉亦云：

> 馬祖道一及其門下所創建的「洪州禪」是中唐大曆、貞元、元和間最重要的南宗禪門派，馬祖一系的禪思想是慧能、神會之後最重要的南宗禪思想，在中唐取代荷澤禪成為南宗禪的主流。……中唐前期北宗、牛頭、荷澤、洪州雖四支鼎立，但南宗正脈只有荷澤、洪州兩家，而荷澤、洪州兩家則在互相排斥中一衰一盛，終由洪州一系充當了曹溪正宗。[31]

---

[30] 同上，頁二〇一。

[31] 見《中國文化》第七期，頁二七。

葛氏更指出：

> 由於慧能、神會時代《楞伽》思想與《般若》思想的摻雜，「即心即佛」的內在理路存在著重大闕失，直到馬祖道一及其門下，才以般若之「空」與老莊之「無」為基礎克服了它的缺陷。㉜

不只葛氏所指，馬祖道一的變革在於禪之「空」與道之「無」的結合，禪宗史研究上，許多學者都肯定洪州禪的禪道結合現象。如胡適〈論禪宗史的綱領〉云：

> 至唐之慧能、道一，才可說是中國禪之中道家自然主義的成分最多，道一是好代表。㉝

阿部肇一的《中國禪宗史》也肯定南宗禪內，青原與石頭系受儒學思想影響，馬祖系以自然主義之森羅萬象為本體，二者在理論內容上有所差異，又說馬祖的「無為自然」觀的佛教是極近似道家精神㉞。阿部肇一並引佐藤一郎〈佛教と中国思想〉的看法，認為當時的士大夫社會，精神生活上公認以儒教為準，私生活方面則有佛教或道家的習俗㉟。這與白

㉜ 同上。

㉝ 見《胡適論集》第三集卷四。

㉞ 見阿部肇一《中國禪宗史》第二章，東大圖書公司版，頁三三、三九。

㉟ 見阿部肇一《中國禪宗史》，頁四〇，所引佐藤一郎的看法見佐氏〈佛教上中國思想〉一文，《歷史教育》第二卷七號。

居易「外襲儒風，內宗梵行」(〈和夢遊春詩序〉) 一語正好相符。

印順導師《中國禪宗史》考「南宗」義更為詳實，揭示了在「南能北秀」以前「南宗」有㈠南印度漂來的宗旨。菩提達摩以四卷《楞伽》印心，所傳的禪法被稱為「南天竺一乘宗」或「南宗」，南印度傳的《般若經》也被名為「南宗」，龍樹是南印度人，《三論》也被稱為「南宗論」。㈡中國南方的佛學。道信統一《楞伽》與《般若》傳布於中國南方，富「南宗」特性，慧能門下的洪州、石頭更發揮「南宗」特色。印順導師更指出所謂「南宗」實與「南中國精神」合轍，中國南方文化的特性傾向理想的、自然的、簡易的、無限的超越性，老莊皆為南人，江南的佛教及發展於南方的南宗禪更富於這種色彩㊱。

其實禪與老莊的結合並非起於洪州一系，在佛教傳入中土及六朝玄學化的歷史中，禪與道之結合已具有潛在的因子。思想史上，在王弼、何晏、郭象及其玄學運動時期，「虛無」的形上問題與大乘佛教般若「空」常合而討論。柳田聖山《禪與中國》說：

> ○人們把大乘佛教的般若波羅蜜思想理解成類似「虛無」的東西，這也是自然的現象。用老莊的「虛無」理解般若的「空」，這種立場一般叫做格義。
>
> ○中國佛教的最初嘗試乃是僧肇所進行的般若與玄學

㊱ 印順《中國禪宗史》，頁八五～頁八九，正聞出版社，民七十九年版。

> 的結合。……大致上說，物我同根，萬物一體的思想源於古代《莊子》的〈齊物論〉，僧肇用它做為佛教瞑想的根據。佛教的涅槃瞑想就這樣做為達觀的物我同根的想法而被接受。這種說法具有極強的主體意義，顯然是老莊式的變質。[37]

肯定老莊與禪之融合的學者不在少數，羅錦堂〈莊子與禪〉一文特別指出二者相同之處，並引鈴木大拙說：

> 禪是中國佛家把道家思想接枝在印度思想上所產生的一個流派。[38]

羅氏文中還引證美湯姆士默燈 (Thomas Merton)「唐代禪師，才是真正繼承莊子思想的人」、牟宗三「『世尊拈花，迦葉微笑』只是莊子『相視而笑，莫逆於心』之意旨而已」等說[39]。羅氏此文先用鈴木大拙意見以莊子「坐忘」即臨濟義玄「人境兩俱奪」心物雙忘的境界，「心齋」是空明的心境，「朝徹」是一種有先後次第的修行方法外，又從莊子〈知北遊〉、〈庚

---

[37] 以上引文見毛丹青譯柳田聖山《禪與中國》，頁五七～五八、頁六六～六七，桂冠圖書公司，民八十一年版。

[38] 羅錦堂〈莊子與禪〉一文見《中國文哲研究集刊》第三期，所引鈴木大拙語見鈴木大拙《禪學隨筆》，孟祥森譯，志文出版社，民六十八年版。

[39] 同[38]，頁一四，所引湯姆士語見其著作《禪思的種子》，牟先生語見《佛性與般若》。

桑楚〉、〈應帝王〉、〈天道〉等找出許多對應佛法的看法[40]。

早在三十年前，南懷瑾及吳經熊先生也都已提出禪道相關的看法[41]，到了吳怡《禪與老莊》，這個觀點被更具體地闡釋出來。吳怡指證禪的道家背景，包括方術之吐納行炁與安般守意禪法的一致、般若與老莊玄旨的相近等[42]。又進一步從禪宗系統中指出禪與老莊類似處，如：

○達摩的「四行」中，報怨行與隨緣行，類似莊子「得者時也，失者順也」；無所求行與稱法行，類似老子無為不爭，復歸於樸的思想。

○二祖慧可在未出家以前，根本是一個道家人物（據《高僧傳二集》卷十九暨《景德傳燈錄》卷三所載）。

○三祖僧粲信心銘中到處閃爍著老莊的智慧。

○道生集當代佛學大成，提出「悟不自生，必藉信漸」「見解名悟，聞解名信」「頓悟成佛」這會心之處似乎在莊子思想找到共鳴。道生的思想中到處充滿老莊的色彩。

○道生以後，禪學的開拓者如寶誌、傅大士、慧思、布袋的偈語中到處可以看到老莊的自然無為與道生的頓悟成佛，禪學的心佛不二。

○慧能對此後禪學開展上最大的貢獻是使老莊思想在

[40] 同上，頁二五～四一。

[41] 見南懷瑾《禪與道概論》，老古文化事業，民五十七年版。吳經熊《禪的黃金時代》，臺灣商務印書館，民五十八年版。

[42] 見吳怡《禪與老莊》，頁二九～四六，三民書局，民六十五年四版。

禪學中生了根（如用三十六對法相因、善惡雙離及道在自然等）。

○道一的思想是在慧能的平實面上，點綴了老莊的自然色彩。❹❸

吳怡全書透過禪宗初祖到唐宋五宗七家，對莊禪合流作了非常細密的比對，肯定禪的悟境即莊子之化境，禪之頓悟與莊子之「忘」字有密切的關係，禪之還歸清淨自性也就是莊子之「吾喪我」(〈齊物論〉)。近期也有徐小躍《禪與老莊》一書專對老莊流變與中國早期佛禪的關係、老莊之無與佛禪之空、老莊的天人之學與禪的心理之學等等做深入的討論❹❹，由此可見莊禪合流的歷史事實。

莊禪合流的歷史已久，到洪州馬祖道一時更為生活化。《指月錄》卷五「江西道一禪師」條云：

> 一日（馬祖道一）示眾云：道不用修，但莫污染何為污染？但有生死心，造入趣向，皆是污染。若欲直會其道，平常心是道。何謂平常心？無造作，無是非，無取捨，無斷常，無凡聖。……只如今行住坐臥，應機接物，盡是道❹❺。

這是馬祖道一有名的「平常心是道」的說法，也是馬祖以下

---

❹❸ 以上所引同❹❷，頁五三～五五。

❹❹ 見徐小躍《禪與老莊》，浙江人民出版社，一九九三年二版。

❹❺ 見《卍續藏經》冊一四三，頁五八右上。

的宗風。吳怡認為馬祖的「平常心」即自然心，「無造作，無是非……」，正和莊子無是非，無生死，無古今，無成毀的境界相同[46]。道一門下的南泉普願與趙州從諗有一則公案：

(從諗) 異日問南泉：「如何是道?」南泉曰：「平常心是道。」師曰：「還可趣向否?」南泉曰：「擬向即乖。」師曰：「不擬時如何知是道?」南泉曰：「道不屬知不知，知是妄覺，不知是無記。若是真達不疑之道，猶如太虛廓然虛豁，豈可強是非耶。」(《景德傳燈錄》卷十)

吳怡認為普願這種廓然虛豁的境界即是道一所讚賞的「經入藏 (智藏)，禪歸海 (懷海)，唯有普願獨超然物外」[47]的「超然物外」之境，也即是莊子逍遙絕待的境界[48]。

道一禪思想的另一重心在「即心是佛」「觸類是道」，《禪源諸詮集都序》卷上之二云：

即今能語言動作，貪瞋慈忍，造善惡，受苦樂等，即汝佛性。(《大正藏》冊四八，頁四〇二下)

---

[46] 同[42]，頁八六。

[47] 《景德傳燈錄》卷六載：「一夕三士 (指百丈懷海、西堂智藏、南泉普願) 隨侍祖翫月次，祖曰：『正恁麼時如何?』西堂云：『正好供養。』師 (懷海) 云：『正好修行』，南泉拂袖便去。祖云：『經入藏，禪歸海，唯有普願獨超然物外。』」

[48] 同[42]，頁八八。

又《傳燈錄》卷三云：

> 汾州無業（問）……常聞禪門即是佛，實未能了。馬祖曰：只未了底心即是，更無別物。（《大正藏》冊五一，頁二五七上）

印順導師認為道一與其弟子所說的「平常心是道」與「即心是佛」一樣，直指當前心本自如如，保持了曹溪禪的特色，當體現成，無修無證。印順導師同時也肯定這是玄學化的佛法，會昌以後，這種融合的傾向更深，洪州下也更深一層中國南宗化㊾。葛兆光更進一步認為馬祖道一後期的「非心非佛」說解決了慧能、神會時代《楞伽》與《般若》摻雜的「即心即佛」之內在理路的闕失，形成禪思想史上的巨變，這是般若的生活化，贏得了中唐士大夫文人的歡迎，使禪宗的宗風由峻潔迅疾轉向自然適意，使禪的理路由《楞伽》、《般若》混雜轉向《般若》、老莊交融，這同時是大曆、貞元、元和間文化轉型的一個側面。南宗禪這種變化使過去很難被人接受的宗教修煉脫胎換骨成了人人都容易把握的日常生活經驗㊿。

由上所述，南宗禪特別是洪州禪確實具備了莊禪合流的特質，不管在般若玄旨、禪法或佛性說上都有融合的痕跡，同時它又具備了日常生活化的轉向。另外，有一點是諸家論洪州禪時未提的，但筆者認為它也是南宗禪不可否定的發展

㊾ 見印順《中國禪宗史》，頁四〇五～四一〇。

㊿ 葛兆光〈禪思想史的大變局〉，見《中國文化》第七期。

過程之一，即戒禪合一的路徑，這在白居易詩及中唐文士生活中皆可一窺痕跡。印順導師認為東山（五祖弘忍）門下的開法傳禪都繼承道信的遺風——戒禪合一。南宗的《壇經》「受無相戒」，戒禪的合一比北宗更明澈些[51]。據筆者揣想，馬祖傳百丈，百丈以叢林清規傳，也是「戒禪」的顯現，白居易所師律師神湊，也是洪州一系傳人，這都證明洪州也有戒禪合一的路徑。

洪州一系從馬祖始，馬祖系弟子中有智常、惟寬等，再傳弟子有神湊等，次系傳人中也有智滿[52]。據孫昌武先生考，白居易在元和九年冬任左贊善大夫四訪惟寬於長安興善寺，元和十年貶江州司馬在九江廬山東西二林寺結交智常，在江州興國寺遇神湊，晚年居洛陽香山結交佛光如滿，皆馬祖洪州禪系統門人[53]，這正是白居易詩中莊禪合論的根本原因。

五、白詩莊禪合流析論

白居易全集中莊禪合論的作品多達七十餘首[54]，其中時

---

[51] 同[49]，頁一三二、一五七。

[52] 同[27]。

[53] 見孫昌武〈白居易與洪州禪〉一文。有關白寂然系屬，孫氏亦推測為洪州禪，這點筆者權且保留。同時孫氏亦提到「江東禪宗的神律交流風氣」，此或即印順導師所謂「戒禪合一」，阿部肇一所謂「戒禪」。

[54] 此七十餘首是筆者根據朱金城《白居易集箋校》卷頁逐一翻檢的初步統計，這個統計以一詩中明顯同時提及莊老和禪佛者為主，其中不包括化用無跡者，也不包括同時期分別所作的佛詩與道詩。

間最早的是貞元廿一年（八〇五）〈永崇里觀居〉詩云：

……年老思冉冉，世事本悠悠。何必待衰老，然後悟浮休。真隱豈長遠，至道在冥搜。身雖世界住，心與虛無遊。……何以明吾志？周易在床頭。（卷五）

從此詩中可以看出兩層意義：㈠白居易詩不僅莊禪合論，儒家玄典之《周易》也在此中，白居易在冥求至道之初明顯是玄學化地混用各家，以佛理認識世界虛空，同時也以周易與道家玄求虛無遊逍遙之心。㈡此詩作於白居易三十四歲於長安為校書郎時期，較孫昌武所考，白居易與南禪禪師接觸的元和九年或元和初入朝即已傾心南宗禪之說較早。可見白居易在與南宗禪接觸前，由於其儒道修養已深，自然會與佛理結合為用。然而大部份莊禪合論之作，應是通過南宗禪的視野而成的。

在元和初年，白已寖染南宗禪學，許多莊禪合論的作品紛紛產生，如元和五年（八一〇）在長安作〈和思歸樂〉云：

身委逍遙篇，心付頭陀經。（卷二）

元和三年（八〇八）作〈松齋自題〉云：

形骸委順動，方寸付空虛。（卷五）

元和五年（八一〇）作〈早梳頭〉云：

不學空門法，老病何由了。未得無生心，白頭亦為夭。（卷九）

元和六年（八一一）〈贈王山人〉云：

……松樹千年朽，槿花一日歇，畢竟共虛空，何須誇歲月！彭生徒自異，生死終無別，不如學無生，無生即無滅。（卷五）

元和六年（八一一）〈春眠〉云：

全勝彭澤醉，欲敵曹溪禪。（卷六）

元和九年（八一四）〈遊悟真寺〉詩云：

身著居士衣，手把南華篇，終來此山住，永謝區中緣。（卷六）

這些作品中看出白居易雖然禪道合用，但取莊禪義多，對道教長生的觀念有所批判，長生不如無生，彭生永年，白頭壽考，較諸空門無生無滅終屬夭厄。同時期的作品中也可以看出白並取老莊合用的現象，如元和六年（八一一）〈養拙〉詩云：「逍遙無所為，時窺五千言，無憂樂性場，寡欲清心源。」（卷五）白詩禪道合用不限於莊子而已，應包括老子，只是用到老子的時候不及莊子多，至於道教長生，此時並不取。

這時期白居易似有以莊子「隱几」「坐忘」匯通禪坐的現象，如元和九年（八一四）〈冬夜〉詩云：「長年漸省睡，夜半起端坐。不學坐忘心，寂寞安可過？兀然身寄世，浩然心委化。如此來四年，一千三百夜。」（卷六）推考此四年當始於元和五、六年之間，證諸白居易元和五年（八一〇）〈隱几〉詩云：「方寸如死灰，寂然無所思。」（卷六）確實可知白居易從元和五年起開始練習莊子坐忘、隱几之「坐」法，這應是他進入禪坐練習的前導。如果白居易習南宗禪有先期因素的話，莊學顯然就是他習禪的基礎。其元和十年（八一五）〈贈杓直〉詩云：「早年以身代，直赴逍遙篇。近歲將心地，迴向南宗禪。外順世間法，內脫區中緣。」（卷六）由之可以肯定這種綜合的先後痕跡。元和九年（八一四）〈渭村退居寄禮部崔侍郎翰林錢舍人詩一百韻〉云：「外身寄老氏，齊物學蒙莊，……息亂歸禪定，存神入坐亡。」（卷十一）到元和十一年貶江州時作〈睡起晏坐〉詩云：「本是無有鄉，亦名不用處，行禪與坐忘，同歸無異路。」（卷七）可見白居易結合莊禪的「坐」法，到此已充份實踐驗證。

元和十年到元和十四年白居易貶江州時期是其詩歌莊禪融合的進一層時期，元和十一年（八一六）〈詠意〉詩云：「常聞南華經，巧勞智憂愁。不如無能者，飽食但遨遊。……身心一無繫，浩浩如虛舟。」（卷七）元和十年（八一五）〈歲暮道情〉云：「欲學空門平常法，先齊老少死生心。」（卷十五）以莊子一死生來體會空門平等法，而達到身心無繫，物我無累的了解。元和十二年作〈烹葵〉詩云：「勿學常人意，其間分是非。」（卷七）〈答崔侍郎錢舍人書問因繼以詩〉云：「勿言雲泥異，同在逍遙間。」（卷七）看出白居易對無造作，無是非之心的體認，唯有破兩端邊見，求雲泥無異，才能證知逍遙之境。這是白居易通過莊子齊物逍遙的思想，體證洪州禪無造作無是非的「平常心是道」之表現。

江州以後，白居易又先後到忠州、杭州，也有不少莊禪合論的作品。如元和十五年的〈不二門〉（卷十）、長慶二年的〈逍遙詠〉（卷十一）、〈初出城留別〉（卷八）、〈詠懷〉（卷八）、〈東院〉（卷二十）、〈宿竹閣〉（卷二十）等，都是承江州時期的體認而來的「大底宗莊叟，私心事竺乾。……是非都付夢，語默不妨禪。」（卷十九，長慶元年〈新昌新居書事四十韻〉）

在長慶四年（八二四）間白居易有二詩看出他在「平常心是道」之外又加入齋戒與道教求仙的觀念，與前期反對道教長生之說有所不同，顯見白居易在忠州、杭州時期有鍊丹燒藥之事。〈仲夏齋戒月〉云：「禦寇馭泠風，赤松游紫煙。常疑此說謬，今乃知其然。……但減葷血味，稍結清淨緣。」（卷八）白居易因齋戒斷葷，因而體會成仙之可能。同時期的〈味道〉詩云：「七篇真誥論仙事，一卷壇經說佛心。」（卷二三）也可以看出他對仙事的肯定。早在元和十五年（八二〇）的〈不二門〉中，白居易也提過「亦曾燒大藥，消息乖火候」，可見他肯定丹藥長生的時間在此之前。

大和年間，白居易重返長安、洛陽，對南宗禪心法有更進一步的體會，也放棄求仙延年的方式，以自靜其心，知止安心為依止。大和元年〈初授秘監并賜金紫閑吟小酌偶寫所懷〉云：

便是義皇代，先從心太平。（卷二五）

大和二年（八二八）〈和微之詩廿三首・和晨霞〉云：

君歌仙氏真，我歌慈氏真。……千界一時度，萬法無與鄰。（卷二二）

〈同上・和送劉道士遊天台〉云：

聞君夢遊仙，輕舉超世雰，……既未出三界，猶應在五蘊。（卷二二）

〈同上・和櫛沐寄道友〉云：

但且知止足，尚可銷憂患。（卷二二）

〈同上・和知非〉云：

儒教重禮法，道家養神氣，重禮足滋彰，養神多避忌，不如學禪定，中有甚深味。（卷二）

同時期的〈北窗閑坐〉云：

無煩尋道士，不要學仙方，自有延年術，心閑歲月長。（卷二五）

〈齋月靜居〉云：

病來心靜一無思，老去身閑百不為。（卷二六）

洛陽時期的白居易似已能了悟南宗心法之「非心非佛」，隨分無為的道理，大和三年〈偶作〉云：

聰明傷混沌，煩惱污頭陀。（卷二七）

〈不出門〉云：

自靜其心延壽命，無求於物長精神，能行便是真修道，何必降魔調伏身。（卷二七）

大和四年〈偶吟二首〉之一云：

靜念道經深閉目，閑迎禪客小低頭。（卷二七）

大和六年〈自詠〉詩云：

隨分自安心自斷，是非何用問閑人。（卷二七）

大和七年〈自詠〉云：

> 白衣居士紫芝仙，半醉行歌半坐禪，今日維摩兼飲酒，當時綺季不請錢。（卷三一）

大和八年〈池上閑吟〉云：

> 非道非僧非俗吏，褐裘烏帽閉門居，夢遊信意寧殊蝶，心樂身閑便是魚。（卷三一）

〈拜表迴閑遊〉云：

> 達摩傳心令息念，玄元留語遣同塵，八關淨戒齋銷日，一曲狂歌醉送春，酒肆法堂方丈室，其間豈是兩般身。（卷三一）

晚年洛陽時期的白居易已充份了解無是無非無凡無聖，當下即是的洪州禪理，並表現在日用生活間或歌或醉之閑心上。他真正體會「只要天和在，無令物性違」（卷三三〈自詠〉），但仍不廢禪坐以調身心。〈病中詩十五首・初病風〉云：「恬然不動處，虛白在胸中。」（卷三五）〈池上幽境〉詩云：「遇物自成趣。」「此是榮先生，坐禪三樂處。」（卷三六）到會昌年間，白已七十老翁，〈晚起閑行〉仍云：「擁裘仍隱几。」（卷三六）馬祖道一的「平常心是道」與莊子道「無所不在」「物物者物無際」（〈應帝王〉）的觀念是相通的，馬祖講「無造作，無是非，無取捨，無斷常，無凡聖」正是莊子之齊是非、一死生的齊物觀。禪宗之坐禪觀心「無念」「無心」也與莊子之「隱几」「坐忘」「朝徹」相合，難怪白居易〈病中詩十五首序〉云：「余早棲心釋梵，浪跡老莊，因疾觀身，果有所得。」白居易這一路以莊禪合流為主的學習，中間間雜過道教、易學、齋戒，終能以無心自閑，逍遙忘適的人生實踐，履踐了洪州禪無為無事的思想真諦。

六、結　語

孫昌武先生指出白居易的洪州禪思想對其詩歌創作的內容與藝術形式影響巨大[55]，然而孫氏只是撮舉大端，本文進一步通過中唐禪學法脈與禪學內涵特質，檢證白詩，發現白居易在接觸洪州禪之前，其實易、老、莊、禪合流，是玄學化的思想，他的禪坐與北禪無關，而是從道家「隱几」「坐忘」之術而來，接觸洪州禪之初，他還有以「無生」勝過長生仙術的分判，最後，終走向「行禪與坐忘，同歸無異路」的融合。特別是元和十年以後，莊禪合流的痕跡趨於明顯，長慶年間復染仙術，大和以後則完全放棄仙術，一心入禪。我們通過對白詩莊禪合論的分析，明顯看出白居易的心路歷程、思想進境，與生活實踐，同時也可見白居易在「感傷」「閒適」「雜律」詩的大量自白，就生命本身及詩歌抒情傳統來說，其意義不亞於白居易一向被稱頌的「諷諭」之作。

---

[55] 見孫昌武〈白居易與洪州禪〉一文，見氏著《詩與禪》，頁二一三。

在放捨萬緣，無所求行下，白居易樂天達觀的精神，展現中唐士大夫的平易化與生活化文化取向，也使禪宗發展理路之人生化得到一有力的驗證。這對白居易或道或禪的矛盾應可提供合理的解釋。

第六章　晚唐詩僧齊己的詩禪世界

一、詩僧的形成

詩僧是詩禪合轍的文化側影。中國文化自佛經傳譯入中土後，文學、思想、社會、習俗都有進一步融合佛教的痕跡，在詩歌方面漸而形成以禪入詩，以禪喻詩的現象，在佛教僧徒方面，也融合著內學、外學，禪僧多以詩示道，以詩頌古❶，這是詩禪交匯光芒所形成的文化現象。

詩僧產生的時間約起於東晉。柳宗元〈送文暢上人登五台遂游河朔序〉云：「昔之桑門上首，好與賢士大夫游，晉宋以來，有道林、道安、休上人，其所與游，則謝安石、王逸少、習鑿齒、謝靈運、鮑照之徒，皆時之選。」❷柳宗元雖未名之「詩僧」，但所列「桑門上首」諸人，今都有詩傳世❸，

---

❶ 關於詩禪合轍，請參考筆者〈論詩禪交涉〉一文，臺大佛學研究中心學報第一期，亦收於本書第一章。

❷ 見《柳河東集》卷二十五，河洛出版社，民六十三年版，頁四二二。

❸ 逯欽立輯《先秦漢魏晉南北朝詩》「晉詩」卷二十，始集釋氏詩作，凡列東晉釋氏有康僧淵、佛圖澄、支遁、鳩羅摩什、道安、慧遠、廬山諸道人……等十五名。木鐸出版社，民七十二年版，頁一〇七五～一〇九〇。

這些釋氏詩作，後人稱為「僧詠」或稱「衲子詩」❹，在詩歌與禪學發展史上有突出的成就。這種能詩的禪子，我們也稱為「詩僧」，「詩僧」一詞或以為沾惹譏評之意而成為貶詞，但以之作為衲子能詩的身份特稱，倒不一定語涉貶責❺，因此本文仍沿用詩僧一語。

據近人覃召文所考，東晉時期由於時尚三玄，促進僧侶與文士的交往，造就詩僧形成的溫床，康僧淵、支道林、慧遠等成為中國第一代詩僧，此後詩僧俊彥輩出，《世說新語》、《詩品》中亦多有稱述❻。晉宋詩僧詩作多偈頌，作品數量寡少，且乏詩味，這種現象到唐代才改觀。王梵志是隋末唐初開始大量為詩的僧人，作品多達三百餘首❼，此後寒山有六百首、拾得有五十餘首❽，詩僧作品量雖增多，但詩

---

❹ 黃宗羲〈平陽鐵夫詩題辭〉認為「唐人之詩大抵多為僧詠」「可與言詩，多在僧也」。見《黃宗羲全集》第十冊《南雷詩文集》，頁七二，浙江古籍出版社，一九八五年版。王夫之《薑齋詩話》稱「衲子詩」「源自東晉來」。見丁福保輯《清詩話》，頁二〇，木鐸出版社，民七十七年版。

❺ 明復〈唐代齊己禪師與其白蓮集〉一文以為「稱之為詩僧，皆含有諷刺貶抑的意味在內」，見《中國佛教》二十六卷五期。覃召文《禪月詩魂》亦認為：「詩僧之名號本身就是一種特殊的價值」，覃氏認為此價值乃名聞、利養之類（見該書頁七六～八一），香港三聯書店，一九九四年版。

❻ 《世說新語》曾稱支遁「才藻新奇，花爛映發」、「氣朗神俊」、有「異人」風度等等，《詩品》亦云：「痶（康）、白（帛）二胡，亦有清句」等，詳見覃召文《禪月詩魂》，頁三六～四四，香港三聯書店，一九九四年版。

❼ 據任半塘《王梵志詩校輯》，北京中華書局，一九八二年版。

❽ 寒山詩自云：「五言五百篇，七字七十九，三字二十一，都來六百

語俚俗詼諧，仍難登大雅之堂。詩僧在詩質與詩量方面都能有躋身士林，齊致風騷的成就者，要到中晚唐時期，特別是以皎然、貫休、齊己三人為代表的僧俗唱酬集團，「詩僧」一詞至此才正式誕生。❾

「詩僧」一詞應代表僧徒在詩歌藝術上的自覺，詩於僧人不僅僅是修佛餘事或渡眾方便而已，覃召文認為：「在中晚唐之前，僧侶固然也作詩，但大多把作詩看做明佛證禪的手段，並不把詩歌看成藝術，而比較起來，中晚唐詩僧往往有著迷戀藝術的創作動機。」❿這點看法深深值得肯定，因為中晚唐詩僧專意為詩，認真尋索詩禪二者的矛盾、依存與主次關係，最後不僅不捨詩事，更以詩禪合轍的方式從事創作並歸納融會禪法於詩歌理論，這些在本文以下對齊己的討論中可以看出一斑。

由於詩僧的自覺，帶來詩僧創作的高度繁榮，《全唐詩》錄詩僧凡一一五人，僧詩凡二八〇〇首⓫，多數均成於中晚唐。成就最高者屬皎然、貫休、齊己三人，詩共一九二〇首，

首。」但今《全唐詩》卷八〇六僅存寒山詩三百餘首。拾得詩《全唐詩》卷八〇七凡五十餘首。

❾ 計有功《唐詩紀事》卷三十九載中唐劉禹錫曾評中唐詩僧發展的狀況云：「詩僧多出江右」，臺灣中華書局，民五十九年版，頁六〇〇。賈島從弟無可有〈贈詩僧〉詩、皎然有〈酬別襄陽詩僧少微〉詩、齊己有〈勉詩僧〉、〈逢詩僧〉等等。

❿ 見覃氏《禪月詩魂》，頁五七，同❻。

⓫ 見《全唐詩》卷八〇五～八五一，凡四十七卷，起於寒山詩，終於荊州僧，凡一一五人。

後人遂有《唐三高僧詩集》之編纂⓬，齊己詩凡八百餘首，佔合集的三分之一強，在意象與詩格上都有極精萃的成就，足為中晚唐詩僧觀察的重點。

二、齊己與其白蓮意象

齊己俗姓胡名得生，潭州益陽人，生年不詳，但據考證應生於會昌、大中之際，較貫休少十餘歲，去皎然寂滅六十餘年⓭，宋《高僧傳》載齊己幼年入大溈山同慶寺出家，師仰山大師慧寂，今《白蓮集》有〈留題仰山大師塔院〉之作，為南宗溈仰傳系。後歷參藥山、鹿門、護國、德山諸師，遍遊浙東、江右、衡岳、匡阜、嵩岳等地三十餘年，開平中(九一〇)， 曾與修睦等高賢同住廬山，會兵災、匪患、饑荒等事，避入金陵，西朝峨眉，南行荊州，龍德元年（九二一）為高季興迎入江陵龍興寺充任僧正，成為荊南宗教領袖⓮。齊己終生致力詩學與詩歌創作，今存《風騷旨格》一卷與《白

⓬ 唐僧詩自唐僧法欽已有纂輯，陳振孫《直齋書錄解題》卷十五載《唐僧詩》凡輯詩僧三十四人，但詩作僅三百餘篇。宋李龔復輯《唐僧弘秀集》， 凡輯詩僧五十二人，作品五百首，較佚名輯《唐三高僧詩》四十七卷，輯皎然、貫休、齊己三人近二千首來看，詩僧及僧詩漸盛漸多的現象已可以看出端倪。

⓭ 今人明復據宋《高僧傳》及齊己〈病已見秋月〉詩考證齊己世緣，推其渚宮之作約為龍德元年（九二一）後三五年間，齊己自云：「明年七十六，約此健相期」則其生年當在會昌、大中之際。見《中國佛教》二十六期五卷。

⓮ 本文所述齊己傳略殆據明復所考，同⓭。

蓮集》十卷，詩凡八五二首[15]，平生詩作盡粹集於此。

《白蓮集》的編纂可能成於齊己當世，為其高足西文禪師所編，《全唐詩》卷八四五～八五一釋門詩中，僧詩尚顏、棲蟾等都有〈讀齊己上人集〉詩，可證之[16]。《白蓮集》的編纂據筆者歸納，至少代表兩個意義：㈠《白蓮集》可以看出晚唐詩僧之盛及詩集酬酢的風氣大開。㈡《白蓮集》代表著齊己一生從詩禪矛盾到詩禪統一的心路歷程，是釋子以詩為終生目標，可公諸於世，不必作禪修餘事的表徵，也代表詩禪融合真正成熟的樣態。我們從詩集名為「白蓮」、集中多涉禪門論詩及齊己對「白蓮」意象的認同等等，都可以得到進一步證明。

《白蓮集》中多酬贈詩僧之作，與齊己交遊論詩論禪的僧人至少有方干、益公、修睦、祕上人、貫休、中上人、胤公、尚顏、文秀、興公、微上人、耿處士、無上人、惠空上人、明月山僧、廣濟、梵巒上人、延栖上人、言之、僧達禪師、可準、楚萍上人、乾晝上人、靈登上人、虛中上人、本上人、西寄、仁用、自牧、康禪師、願公、晝公、白上人、凝密大師、元願上人、貫微上人、谷山長老、南雅上人、仁公、實仁上人、岳麓禪師、體休上人、光上人等四十餘人[17]，

---

[15] 據筆者統計《全唐詩》卷八四五、明汲古閣刊本《白蓮集》，齊己現存詩作實存七八〇首，不知明復八五二首之說，所據為何。

[16] 《全唐詩》卷八四八有尚顏、棲蟾〈讀齊己上人集〉詩。今人張達人〈晚唐第一詩僧齊己〉亦持此說。見《生力》八卷九六期。

[17] 見《白蓮集》卷一〈寄鏡湖方干處士〉、〈送益公歸舊居〉、〈送東林寺睦公往吳國〉、〈祕上人〉、〈送休師歸長沙寧覲〉、〈題中上人〉、〈秋興寄胤公〉、〈酬尚顏〉、〈寄文秀大師〉、〈謝興公上人〉、〈酬微上

其他不知名號者如「諸禪友」「道友」「吟僧」「小師」「匡阜諸公」等，則不知幾許。這些僧人中，為《全唐詩》著錄，確知為詩僧，有詩傳世者，有文益、文秀、無可、貫休、尚顏、虛中、修睦、方干等，其他未為《全唐詩》收錄，在《白蓮集》中確知其人當世已有詩作者，如〈酬西川梵巒上人卷〉、〈覽延栖上人卷〉、〈謝西川可準上人遠寄詩集〉、〈謝元願上人遠寄檀溪集〉、〈謝貫微上人寄遠古風今體四軸〉、〈酬西蜀廣濟大師見寄〉等，諸詩或寄詩集或書詩卷相贈，也應屬詩僧之列。我們可知齊己活動的晚唐時期，詩僧以詩贈酬於僧俗之間的風氣之盛。

《白蓮集》寓名「白蓮」與齊己對詩禪世界的認同有關，從全集詩作中也有明顯的痕跡可以看出，「白蓮」一語關涉東晉慧遠大師在廬山東林寺始倡的白蓮社，也關涉到中唐白居易詩禪合一的白芙蕖意象，更直接關涉到《法華經》的蓮花象喻。

齊己曾在廬山東林寺與修睦等僧同修，〈送東林寺睦公往吳國〉詩云：

> 八月江行好，風帆日夜飄。煙霞經北固，禾黍過南朝。社客無宗炳，詩家有鮑照。莫因賢相請，不返舊山椒。（卷一）

人〉、〈寄江居耿處士〉、卷二有〈夏日江寺寄無上人〉、〈送惠空上人歸〉、〈寄明月山僧〉、〈寄哭西川壇長廣濟大師〉、〈酬西川梵巒上人卷〉、〈覽延栖上人卷〉、〈寄懷江西僧達禪翁〉、〈寄普明大師可準〉……等等。本文所列僧人均見《白蓮集》十卷詩題中。

此詩與修睦話別，除了寫到時值八月，修睦往南的風帆、煙霞外，頷聯特別提出「社客」「詩家」，儼然有南朝香社僧俗論詩談禪的一番憧憬，顯示齊己對慧遠結香社以來，僧人與文士詩禪生活之追懷，這正可以看出齊己與修睦往來的重心正在詩、禪兩事。齊己另有〈別東林後迴寄修睦〉、〈題東林白蓮〉、〈東林作寄金陵知己〉（以上均見卷二）、〈題東林十八賢真堂〉、〈寄懷東林寺匡白監寺〉（卷七）等作，可以看出齊己心中這種詩禪生活的理想正是以白蓮花託寓而出。〈題東林白蓮〉云：

> 大士生兜率，空池滿白蓮。秋風明月下，齋日影堂前。色後群芳坼，香殊百合燃，誰知不染性，一片好心田。（卷二）

此詩應是東林寺即景，可以想見晚唐時，東林當有一片無染的白蓮池，是齊己心中空性所寄的意象。後來〈題東林十八賢真堂〉詩曾云：

> 白藕花前舊影堂，劉雷風骨畫龍章。共輕天子諸侯貴，同愛吾師一法長。陶令醉多招不得，謝公心亂入無方，何人到此思高躅，嵐點苔痕滿粉墻。（卷七）

這首詩中齊己以白蓮花起興，充滿詩禪世界可以輕天子傲諸侯的怡悅自得，追憶當年慧遠曾招陶拒謝的流風逸事，此詩末尾有自註小字云：「謝靈運欲入社，遠大師以其心亂不納」，由此我們可以探知齊己心中的白蓮淨土。齊己自從東林修心之後，終生緬想慧遠東林香社的生活，到晚年荊渚間〈感懷寄僧達禪弟〉仍不斷提起「十五年前會虎溪，白蓮齋後便來西。」（卷七）可見廬山「白蓮社」在他心中的意義。

「白蓮」的意象和白居易也有很大的關係。齊己在〈賀行軍太傅得白氏東林集〉云：

> 樂天歌詠有遺編，留在東林伴白蓮，百氏典墳隨喪亂，
> 一家風雅獨完全。常聞荊渚通侯論，果遂吳都使者傳。
> 仰賀斯文歸朗鑒，永賀聲政入黃絃。（卷七）

此詩雖有應酬語，但對白樂天詩歌因東林禪寺而得以「完全」，顯然有一番欣羨，可見齊己心中對詩與禪的重視。從其〈寄懷東林寺匡白監寺〉云：「閒搜好句題紅葉，靜斂霜眉對白蓮」，又云：「修心若似伊耶舍，傳記須添十九賢。」（卷七）廬山東林寺有「十八賢堂」，齊己此詩明示自己對詩對禪的努力，在閒搜好句，靜斂霜眉的「修心」後，他心中應也希望如白居易般，斯文得傳，為東林寺更添一賢吧！另一首〈謝西川可準上人遠寄詩集〉云：

> 匡社經行外，沃洲禪宴餘。吾師還繼此，後輩復何如。
> 江上傳風雅，靜中時卷舒，堪隨樂天集，共伴白芙蕖。
> （卷六）

齊己得可準詩集，對可準詩傳風雅，禪宴入靜，以白樂天共

白芙蕖推譬之，可見齊己「白蓮」意象與白樂天詩集因禪而傳後世的意義關係匪淺。

「白蓮」意象取景東林寺，結合著白蓮社慧遠遺風與白居易詩集傳世的意義，但最深的內蘊卻直接關連到《法華經》的蓮花象喻。齊己詩中多次提到《法華經》，他曾刺血寫經，〈送楚雲上人往南嶽刺血法華經〉云：

> 剝皮刺血誠何苦，欲寫靈山九會文。
> 十指瀝乾終七軸，後來求法更無君。（卷九）

詩中看出齊己常向楚雲上人求法，楚雲欲往南嶽，齊己此時唯有血書法華表達至誠，最後完成的共七軸，不僅表示他對楚雲的敬重，也顯現出齊己對《法華經》的喜愛。另一首〈贈持法華經僧〉云：

> 眾人有口不說是即說非，吾師有口何所為，蓮經七軸六萬九千字，日日夜夜終復始，乍吟乍諷何悠揚，……念經功德緣舌根，可算金剛堅，他時劫火洞燃後，神光璨璨如紅蓮。……（卷十）

此詩論持經功德緣舌根，並取蓮花意象稱頌之。另兩首〈贈念法華經僧〉、〈贈念法華經〉也都取蓮花意象云：「但恐蓮花七朵一時折，朵朵似君心地白」（卷十）、「萬境心隨一念平，紅芙蓉折愛河清」（卷十）。《法華經》即《妙法華蓮經》，太虛大師解釋此經以「蓮華」為喻云：「華有多種，或狂華無果，可喻外道空修梵行，無所剋獲；或一華多果，可喻凡夫供養父母報在梵天；或多華一果，可喻聲聞種種苦行只得涅槃；……此皆麤華不可以喻妙法。惟此蓮花，花果俱多，可譬因含萬行、果圓萬法。」[18]太虛大師另有「迹內三喻」「本門三喻」仔細解釋整部法華的蓮花妙喻，可見此經直接取喻蓮花以象妙法之一本眾跡，齊己對蓮花的欣愛，也與此經法喻有很大的關係。

三、《白蓮集》中的詩禪世界

齊己鍾情於詩又歸心於禪，但詩染世情，禪求寂心，二者不免相妨，能否相成？此在《白蓮集》中也有極多矛盾與統一的現象。在詩情方面，齊己時露親族與家國之思，也多僧俗友人之思，在禪寂方面，齊己也曾示道參禪，不少靜坐冥思之作，能提供禪者悅心的悟境。其一生融合詩禪的努力是值得肯定的。

個人以為齊己在世情關懷上不能顯出躍過李杜元白的意義，雖然集中偶有懷友、思親、感時之作，如〈寓言〉寫到「亡家與亡國，云此更何言」（卷一）、〈傷鄭谷郎中〉為鄭谷「筆絕亦身終」（卷二）而惆悵、〈示諸姪〉〈酬章水知己〉（卷二）等，表達出對知己的懷念與對親姪的關懷，但齊己終究是方外之士，對世情的議論與關心都是點到為止，沒有李杜傾洩的情感，也沒有元白深刻的諷喻，因此可以不必專

---

[18] 見太虛大師著《法華經教釋》，頁五三一～五三二，佛光出版社，民八十一年五版。

論。齊己詩值得大書特書的，是他通過詩禪文化的歷史側影，顯出禪子成功地成為詩家之流，為詩法提示更上一層的功夫，又不失禪者進德修道之本，這種詩禪合轍的成就，不僅為詩學添異彩，為文化添新章，也為禪者不必離塵以求不染提供有力的證明。綜觀《白蓮集》在詩禪世界中有三點意義值得突顯出來：

㈠標舉詩僧，多論詩禪

齊己《白蓮集》十卷中大量詩作多集中在體現詩禪的意義，可以說是一位相當自覺的詩人與禪者。他的自覺從諸詩可知，〈留題仰山大師塔院〉云：

> 曾約諸徒弟，香燈盡此生。（卷一）

〈寄勉二三子〉云：

> 不見二三子，悠然吳楚間，盡應生白髮，幾箇在青山。□□□□□，□□莫放閒，君聞國風否，千載詠關關。（卷一）

二詩中一以禪為終生之約，一以《詩經》勉弟子不能放閒，任白髮叢生，而不知此中青山。齊己全集充滿著詩禪二者的反省，病時則思「無生」，〈病起二首〉說：「無生即不可，有死必相隨，除卻歸真覺，何繇擬免之。」（卷一）富貴閒適則戀山林，〈渚公自勉二首〉云：「必謝金臺去，還擕鐵錫將。」（卷三）他這種自覺，使他以「吟僧」「詩僧」的形象出現在僧俗之間，並時時以「吟僧」「詩僧」自我形容，也以之自勉勉人。〈勉詩僧〉云：

> 莫把毛生刺，低迴謁李膺，須防知佛者，解笑愛名僧。道性宜如水，詩情合似冰，還同蓮社客，聯唱遶香燈。（卷三）

這首詩中，齊己自覺到詩僧應合冰水般的道性與詩情，不能以詩干俗愛名。〈逢詩僧〉云：

> 禪玄無可並，詩妙有何評，五七字中苦，百千年後清。難求方至理，不朽始為名，珍重重相見，忘機話此情。（卷五）

同為「詩僧」，齊己在偶然相逢中，不忘與之談禪論詩，言下顯出齊己對二者玄妙難方的至理，有著深深的鍾情，因此逢詩僧話詩禪，也就更能忘機。除了標舉「詩僧」外，齊己有時也稱之為「吟僧」，在他心中同指詩僧之義。〈尋陽道中作〉云：「欲向南朝去，詩僧有惠休」（卷三），在尋陽往南的途中，透過歷史文化的思維，緬想到南朝詩僧惠休；〈送人遊武陵湘中〉云：「風煙無戰士，賓榻有吟僧」（卷五），在送別時以「吟僧」自喻；〈孫支使來借詩集因有謝〉云：「冥搜從少小，隨今得淳元，聞說吟僧口，多傳過蜀門。……」（卷六）齊己拒絕孫支使來借詩集，也是以「吟僧」自居，這當中我們不僅看到齊己努力於詩有成，詩集已纂，詩名已傳，也同樣可以看出齊己不願以詩干名的本衷。〈勉吟僧〉云：

> 千途萬轍亂真源，白晝勞形夜斷魂。
> 忍著袈裟把名紙，學他低折五侯門。（卷十）

這首詩最能顯出他執著詩禪，走過千途萬轍，終能不負袈裟而有詩名的心路歷程，但時俗愛名干利，即使詩僧也難自持⓳，因此「忍著」二字看得出他這一路的堪忍，「低折」二字看得出他拔俗的超越，齊己的詩僧形象完全透徹出一股僧而任俗的承擔力量。詩僧的標舉起於中唐（見本文第一節），並非齊己的特識，只是齊己在詩僧的清雅形象上親身履踐，以禪境詩藝的躬行成就來闢俗，破除一般人對詩僧聯繫著名聞利養的迷惑，這樣的標舉、勉勵也就益加顯出承擔之重、意義之深。在《白蓮集》中，齊己無時不與僧俗論詩、論禪，如〈戒小師〉云：

> 不肯吟詩不聽經，禪宗異岳懶遊行，
> 他年白首當人間，將底言談對後生。（卷十）

這是一首訓誡小師父的作品，勉小師父們要吟詩要聽經，要

⓳ 覃召文《禪月詩魂》一書第三章考詩僧的成因曾指出中晚唐詩僧求名愛利，僧侶從寫詩中獲得實利，包括賜衣、賜號、任僧職、領俸祿等等，見該書頁七七～八一，香港三聯書店，一九九四年版。

行禪宗異岳，才能示教後生。這是齊己一生學禪、吟詩、漫遊的寫照。他寄詩重問知己，懷念上人，每每都兼論詩禪。〈懷體休上人〉云：「何人分藥餌，詩逢誰子論。」（卷九）〈江居寄關中知己〉云：「雪月未忘招遠客，雲山終待去安禪。」〈寄武陵貫微上人二首〉云：「詩裡幾添新菡萏，衲痕應換舊爛斑。」「風騷妙欲淩春草，縱跡閒思遶嶽蓮。」（卷九）〈荊渚逢禪友〉云：「閒吟莫忘傳心祖，曾立階前雪到腰。」（卷九）〈答禪者〉云：「閒吟莫學湯從事，卻拋袈裟負本師。」（卷九）〈答文勝大師清柱書〉云：「應嫌六祖傳空衲，只向曹溪求息機。」（卷九）凡此，齊己與僧俗禪友詩友論詩禪之作，在集中凡十之八九，不勝枚舉，而以禪思閒吟來傳心事祖的用意，不能有負本師的初衷也於此可見。

㈡調和詩魔與竺卿，在詩禪矛盾中尋求統一

齊己基於「詩僧」的醒覺，不斷兼論詩禪來尋求超越，然而詩禪二事究竟相背或相合，也繫於當事人自己內在境遇的高下，見山是山與見山不是山，在名相上終是分殊，在至理上卻是合轍，齊己以一僧人而嗜詩，在詩禪的離合心路上，有一番耐人尋思的況味。

在齊己未達成詩禪妙合之前，有許多詩禪相妨的矛盾流現在其詩作中，〈嘗茶〉云：

味擊詩魔亂，香搜睡思輕。（卷一）

〈自勉〉云：

試算平生事，中年欠五年，知非未落後。
讀易尚加前，分受詩魔役，寧容俗態牽。
閒吟見秋水，數隻釣魚船。（卷一）

〈喜乾晝上人遠相訪〉云：

彼此垂七十，相逢意若何。聖明殊未至，離亂更應多。
澹泊門難到，從容日易過，餘生消息外，只合聽詩魔。
（卷二）

他經常以「詩魔」來戲稱詩思，特別在干擾禪思，不得清靜澹泊之時，就特別顯出「分受詩魔役」的自我提醒。禪的箇中消息才是齊己最終的目標。詩在此時顯然是餘事，當禪者不得其門，不能花開花落，來去自如時，身不由己的受詩魔牽役的感嘆也就油然而生。但齊己仍不肯認同詩是餘事而已，他一面怨詩魔，一面又肯定詩可助禪，因此〈愛吟〉詩云：

正堪凝思掩禪扃，又被詩魔惱竺卿。
偶憑窗扉從落照，不眠風雪到殘更。
皎然未必迷前習，支遁寧非悟後生。
傳寫會逢精鑒者，世應知是詠閒情。（卷七）

齊己以皎然、支遁的前轍來自我反省，認為詩若逢精鑒者，定知詩也能離塵染，入閒情，齊己希望自己能思入精微以詠閒情。〈寄鄭谷郎中〉云：「還應笑我降心外，惹得詩魔助佛魔」(卷八) 也是存著詩可助佛的觀想。

齊己始終不放棄詩禪合轍的可能，因此他時時以二者為思，不論閒居靜坐或與人往來時，都以詩禪為事。〈夏日草堂〉云：

靜是真消息，吟非俗肺腸。(卷一)

〈夜坐〉云：

月華澄有象，詩思在無形。(卷一)

〈山中答人〉云：

謾道詩名出，何曾著苦吟，忽來還有意，已過即無心。(卷一)

他一直在揣摩詩禪二者離俗、無形、無心的這種妙合關係。他與僧俗往來時，也時時討論到這個問題，〈酬微上人〉云：「古律皆深妙，新吟復造微，搜難窮月窟，琢苦近天機。」(卷一) 和微上人討論搜尋入微，吟新琢苦等問題。〈秋興寄胤公〉云：「題詩問竺卿」(卷一)，〈酬元員外見寄〉云：「時聞得新意，多是此忘緣」(卷一)，二詩與胤公、元員外論詩之新意。在〈寄秀大師〉詩中，齊己提出詩應與禪等事，他說：

皎然靈一時，還有屬於詩，世豈無英主，天何惜大師。道終歸正始，心莫問多岐，覽卷堪驚立，貞風喜未衰。（卷一）

齊己推崇文秀詩有貞風，能融合道心，且能道歸正始，不屈於詩，這正是齊己自己所努力的理想。他還以詩禪與吟僧互勉，〈寄懷江西僧達禪翁〉云：「何妨繼餘習，前世是詩家」（卷二）；他曾和可準論過詩，〈送普明大師可準〉云：「蓮嶽三徵者，論詩舊與君。」（卷二），也曾和岳陽李主簿談詩情：「倚檻應窮底，凝情合到源」（卷二〈酬岳陽李主簿〉，等等，最後他終於發現「詩從靜境生」，禪入空寂無緣之境可寄於詩，詩禪妙合滋味在於此。〈溪齋〉二首之二云：

道妙言何強，詩玄論甚難。（卷二）

〈竹裏作六韻〉云：

我來深處坐，剩覺有吟思。（卷二）

〈靜坐〉云：

坐臥與行住，入禪還出吟。（卷三）

〈荊門寄懷章供奉兼呈幕中知己〉云：

神凝無惡夢，詩澹老真風。（卷三）

〈寄鄭谷郎中〉云：

詩心何以傳，所證自同禪。（卷三）

〈勉詩僧〉云：

道性宜如水，詩情合似冰。（卷三）

〈酬王秀才〉云：

相於分倍親，靜論到吟真。（卷三）

〈謝虛中寄新詩〉云：

趣極同無跡，精深合自然。（卷三）

〈贈孫生〉云：

道出千途外，功爭一字新。（卷四）

〈五言詩〉云：

畢竟將何狀，根源在正思。

達人皆一貫，迷者自多岐。（卷四）

〈寄酬高輦推官〉云：

道自閒機長，詩從靜境生。（卷五）

〈渚公莫問詩一十五首〉之一云：

靜入無聲樂，狂拋正律詩，
自為仍自愛，敢淨裏尋思。（卷五）

之十三云：

句早逢名匠，禪曾見祖師，
冥搜與真性，清外認揚眉。（卷五）

《白蓮集》十卷中，此類合論詩禪的句子多得不勝枚舉，從這裡我們可以發現齊己以「言」「妙」「深」「入」「凝」「澹」「水」「冰」「真」「精」「極」「自然」「清」「新」等等來形容詩禪合轍的深味，齊己從冥思、靜坐、凝神、證心的道途中趣極無跡，了然此根源之正思正是詩禪一貫處，從中完成詩禪的統一，成為自己生活實踐的內容。他在〈喻吟〉中云：

日用是何專，吟疲即坐禪，此生還可喜，餘事不相便。

頭白無邪裡，魂清有象先，江花與芳草，莫染我情田。（卷六）

齊己在情田無邪的世界裡，吟詩為樂，充分享有詩禪合轍的樂趣。〈自題〉云：「禪外求詩妙」（卷六），〈送王秀才往松滋夏課〉云：「靜理餘無事，歌眠盡落花。」（卷六），〈謝西川可準上人遠寄詩集〉云：「江上傳風雅，靜中時卷舒」（卷六），〈山中寄凝密大師兄弟〉云：「一爐薪盡室空然，萬象何妨在眼前，時有興來還覓句，已無心去即安禪。……」（卷七）等等，在詩禪的世界裡，齊己已得來去自如，隨意舒卷之樂。他常在禪餘味詩，〈謝孫郎中寄示〉云：「一念禪餘味國風」（卷七），也常為吟詩入禪，〈寄懷東林寺匡白監寺〉云：「閒搜好句題紅葉，靜斂霜眉對白蓮」（卷七）、〈靜坐〉云：「風騷時有靜中來」（卷八）、〈道林寺居寄岳麓禪師二首〉之二云：「禪關悟後寧題物，詩格玄來不傍人」（卷八），如此出入詩禪，想吟即吟，「無味吟詩即把經」（卷九〈荊渚偶作〉）、「住亦無依去是閒」（卷八〈林下留別道友〉），完全純任自然，充分實踐詩禪合轍的妙旨，形成詩僧崇高玄妙的形象。

㈢幽棲樂道，蔚為林下風流

齊己在詩禪統一的生活中，寫下不少幽棲山林的作品，融攝著山中人觸目所及的各種清新景象，以詩題來看，如〈對菊〉〈石竹花〉（卷十）、〈片雲〉（卷九）、〈看雲〉〈觀雪〉（卷八）、〈秋空〉〈聽泉〉〈早梅〉〈新燕〉〈落葉〉（卷七）……

等等。齊己常以幽寂的景象來象喻內在勝境，例如〈片雲〉云：

> 水底分明天上雲，可憐形影似吾身，
> 何妨舒作從龍勢，一雨吹銷萬里塵。（卷九）

這首詩以天光雲影象喻內在靈臺與多幻的色身，意義在「吹銷萬里塵」上，拂去塵埃正是禪者心境努力的方向。又如：

> ……舊栽花地添黃竹，新陷盆池換白蓮。
> 雪月未忘招遠客，雲山終待去安禪。……（卷九）

這首詩中的「花地」「黃竹」「白蓮」「雪月」「雲山」都是齊己禪心的譬喻。這些幽棲山林的意象中，齊己用得最多的是「苔蘚」與「青山」。如：

> 苔床臥憶泉聲遠，麻履行思樹影深。（卷九〈誠廬山張處士〉）
> 白蓮香散沼痕乾，綠篠陰濃蘚地寒。（卷九〈中秋夕愴懷寄荊幕孫郎中〉）
> 門底秋苔嫩似藍，此中消息興何堪。（卷九〈庚午歲九日作〉）
> 何峰觸石濕苔錢，便遂高峰離瀑泉。……長憶舊山青壁裡，遠庵閒伴老僧禪。（卷八〈看雲〉）
> 晴出寺門驚往事，古松千尺半蒼苔。（卷八〈自貽〉）

花院相重點破苔，誰心肯此話心灰。（卷七〈靜院〉）

何人到此思高躅，嵐點苔痕滿粉墻。（卷七〈題東林十八賢真堂〉）

更有上方難上處，紫苔紅蘚遶崢嶸。（卷七〈題南岳般若寺〉）

煙霞明媚栖心地，苔蘚縈紆出世蹤。（卷七〈寄廬岳僧〉）

不放生纖草，從教遍綠苔。（卷一〈幽庭〉）

「苔蘚」是齊己詩中最大量的意象，揣其詩意，不止是山景的描摹而已，常常是暗喻心中禪悟的痕跡，是「春」訊，也是「道」的消息，是他靜坐或經行所遇的心象，應是齊己心田靈山百草中的一抹抹鮮綠，他常「冥心坐綠苔」（卷二〈山寺喜道者至〉）、「靜依青蘚片」（卷二〈落花〉），苔錢點點如心痕處處，苔蘚青青如隱者如如，這應是齊己幽棲樂道，取象自然，以顯示出虛靜心靈的一種方式。

「青山」的象喻也是如此。如：

近來焚諫草，深去覓山居。（卷一〈寄王振拾遺〉）

盡應生白髮，幾箇在青山。（卷一〈寄勉二三子〉）

無窮芳草色，何處故山青。（卷一〈送休師歸長沙寧覲〉）

白有三江水，青無一點山。（卷一〈渚宮江亭寓目〉）

重城不鎖夢，每夜自歸山。（卷二〈城中示友人〉）

萬古千秋裡，青山明月中。（卷二〈遇鹿門作〉）

長憶舊山日，與君同聚沙。（卷二〈寄懷江西僧達禪翁〉）

孤舟載高興，千里向名山。（卷三〈送人遊衡岳〉）

> 名山知不遠，長憶寺內松。（卷三〈懷道林寺因寄仁用二上人〉）

「青山」應是齊己心中道場的象徵，「舊山」「故山」是齊己曾棲止的東林、道林等等，覓山修行，名山參訪，也是齊己靜修的方式，就如他〈戒小師〉要參「禪宗異岳」（卷十一）一樣，青山是他永恆的依止，山中明月是他會心處，〈寄明月山僧〉云：「山稱明月好，月出遍山明，要上諸峰去，無妨半夜行。……」（卷二）齊己幽居山林，為參心頭一片青山明月，遍尋諸峰，屐痕成苔，除青山苔錢外，白雲、飛鳥、流泉、攀猿，都是他隨手可得的意象，但齊己全集中譬喻最得深味，使用頻率最高的，還是此「青山一苔蘚」的象徵。〈遠山〉一詩尤其明顯：

> 天際雲根破，寒山列翠迴，幽人當立久，白鳥背飛來。瀑濺何州地，僧尋幾嶠苔，終須拂巾履，獨去謝塵埃。（卷三）

雲破山青，如去迷妄返真性一般，是僧人幾度峰迴，尋尋覓覓之後的成果，這種尋覓的巾履痕跡最終也應一掃而空，才是真正離塵入淨。〈遠山〉一詩全是齊己幽棲山林，參禪樂道的生活示現。

齊己詩中全部都是運山林之景入尺幅之中的作品，山林是他生活的重心，即使身在城中，位居渚宮僧正，也是思入山林，寫的盡是〈山中春懷〉〈江上夏日〉〈林下留別道友〉

〈道林寓居〉〈憶舊山〉〈山中答人〉等居山、慕山、愛山、樂山的生活。他承繼禪宗詩僧妙喻的方式，以詩「示道」[20]，也為後代文士展示「林下風流」[21]的清雅詩風，其《風騷旨格》指出詩有十體，「高古」「清奇」「遠近」「雙分」……等等，都與山林所悟有很大的關係，其中論詩之二十式，也多用禪語，如「出入」云：「雨漲花爭出，雲空月半生」，「高逸」云：「夜過秋竹寺，醉打老僧門」……等等[22]，這種詩歌美學理論與其白蓮詩作，其審美情趣均指向幽深清遠的林下風流。覃召文《禪月詩魂》指出：「詩僧常把自己的自然旨趣稱為『林下風流』，所謂林下即林泉之下，代指幽僻之所。……指僧侶於林泉深處領略到的幽絕之境、閒適之趣。」[23]我們證諸齊己詩，也全然是這種取境偏高的林下逸風。

四、齊己詩禪的文學意義

齊己之禪，如人飲水，冷暖自知，完全難以言詮，只能

[20] 禪宗歷代祖師多以詩偈付法，有名的五祖付法公案，有神秀、慧能兩首名偈，從此南北禪分立，南禪一花開五葉，代代以詩示道，形成大量的樂道、示法、頌古等詩作，詳見李淼《禪宗與中國古代詩歌藝術》，頁六四～一一〇，麗文文化出版社，民八十二年。

[21] 宋周紫芝《竹坡詩話》卷二十一云：「幽深清遠，自有林下一種風流。」葛兆光《禪宗與中國文化》據此指出，中國士大夫的審美情趣受禪宗思想的影響，蔚為林下風流的審美風尚，即追求「幽深清遠」的美感。見該書頁一二七～一四〇，天宇出版社，民七十七年版。

[22] 《風騷旨格》見四部叢刊正編三八冊，《白蓮集》卷十之後。

[23] 見覃召文《禪月詩魂》，頁二三。

以詩示機，其意義很難確論；但齊己之詩，以禪入詩，並且以禪論詩，理論與創作兩方面都有具體成就，值得在詩歌歷史及詩學理論史上予以確認。前人對齊己的詩禪已多所評論，《全唐詩話》、《逸老堂詩話》、《一瓢詩話》、《石洲詩話》等[24]或選品其詩或評比其格，但終隔靴搔癢，不知其味。元人辛文房《唐才子傳》最能概括道出詩僧的面貌：

> 自齊、梁以來，方外工文者，如支遁、道猷、惠休、寶月之儔，馳驟文苑，沈淫藻思，奇章偉什，綺錯星陳。……（至唐）有靈一、靈徹、皎然、清塞、無可、虛中、齊己、貫休八人，皆東南彥秀，共出一時，已為錄實。

在辛文房所提出的八位詩僧中，皎然、貫休、齊己應為其中翹楚[25]。《四庫全書》即以三人並列[26]，並且稱許齊己五言律詩風格獨遒，這才看出齊己在詩歌歷史上的地位。我們如以「詩僧」的角度來看，齊己確實是詩歌歷史上緇流作風承先啟後的重要人物。他之前有寒山、皎然等人，他之後更開啟

---

[24] 見臺靜農《百種詩話類編》，頁一二四三，藝文出版社，民六十三年版。

[25] 見陳洪《佛教與中國古典文學》，頁五三，天津人民出版社，一九九三年版。

[26] 見《四庫全書總目》白蓮集十卷條云：「唐代緇流能詩者眾，其有集傳於今者，惟皎然、貫休及齊己。皎然清而弱，貫休豪而粗，齊己七言律詩不出當時之習，其七言古詩以盧仝、馬異之體縮為短章，詰屈聱牙，尤不足取。惟五言律詩居全集十分之六，雖頗沿武功一派，而風格獨遒。」

了宋代九僧、三僧、詩僧惠洪、道潛等名流，這是齊己在詩歌歷史的第一個意義。

齊己的作品清雅幽峭，詩體的美學典型比寒山、拾得或更早的佛經偈頌更上層樓，是唐詩中可以登堂入室，神韻獨雋的作品。唐詩僧尚顏〈讀齊己上人集〉曾云：「冰生聽瀑句，香發早梅篇」(《全唐詩》卷八四八)，所稱頌的便是齊己這種冰雪高致。〈早梅〉也是齊己名詩，中有「前村深雪裏，昨夜一枝開」，孤根一枝，幽香素豔，齊己詩傳禪心，詩也因禪而透徹冰清。明胡正亨《唐音癸籤》云：「齊己詩清潤平淡，亦復高遠冷峭。」(卷八) 正是對齊己這種風格的肯定。四庫提要云其：「風格獨遒，猶有大歷以還意。」(見㉖)。孫光憲序《白蓮集》云：「師趣尚孤潔，詞韻清潤，平淡而意遠，冷清而□□。」當世鄭谷郎中也肯定他：「高吟得好詩」，「格清無俗字」，「其為詩家流之」㉗，凡此可見齊己詩清幽獨勝，置之詩歌歷史，亦能典型獨立，這是齊己在詩歌歷史上的第二個意義。

齊己《風騷旨格》承皎然《詩式》而下，以詩僧論詩，其影響或不及皎然「取境」說之深廣，但從「六詩」「六義」到「十體」「二十式」「四十門」等等，內容多出新見，以禪的視野，為詩歌提供不少美學勝境。即使《白蓮集》中，齊己論詩論禪處，如「禪心靜入空無跡，詩句閒搜寂有聲」(卷九〈寄蜀國廣濟大師〉)，「扣寂頗同心在定」(卷七〈寄曹松〉)「禪外求詩妙」(卷六〈自題〉) 等等，也都有以禪寂之

㉗ 見汲古閣刊本《白蓮集》孫光憲序文。收於《禪門逸書》初編第二冊，明文書局，民六十九年版。

法求詩格之妙的正法眼藏。這是以禪喻詩的前身，也是禪學提供詩學的新境界。是齊己在詩歌歷史上的第三個意義。

中國文學上，特別是詩歌與詩學上，詩禪共命的歷史從唐代已奠定好基礎㉘。齊己詩實踐了詩禪之間由矛盾到統一的過程，成就了幽棲樂道的清幽詩作，蔚為唐宋以下文學風尚的林下逸韻，同時又以禪論詩，喻顯詩歌幽微勝境，成為詩禪文化史上韻姿幽迥的生命，這是「詩僧」自覺下，貢獻詩禪的大丈夫行徑，應是晚唐詩史上不可抹殺的一頁。

㉘ 同❶，詩禪合轍的關鍵時代應以唐代為基礎。

參考書目舉要

一、

大正大藏經		新文豐景印本民72～77年版
卍續藏經		廣文書局景印本民68年版
禪宗集成		藝文印書館民57年版
中國禪宗大全		長春出版社1991年版
金剛般若波羅密經	鳩摩羅什譯	禪學研究學會民73年版
楞伽經今文譯註	釋普行	中大典編印會民70年版
維摩詰經今譯	陳慧劍	東大圖書公司民81年版
六祖壇經箋註	丁福保	天華出版社民73年版
法華經教釋	太虛大師	佛光出版社民81年版
大智度論		圓明出版社民81年版
唐高僧傳	釋道宣	臺灣印經處景印47年版
江西馬祖道──禪師語錄		中華佛教文化館景印
神會和尚遺集	胡適	胡適紀念館民71年版
禪門逸書初編	孫光憲	明文書局民69年版
景德傳燈錄	釋道元	四部叢刊續編第廿八冊
五燈會元	釋普濟	北京中華書局1984年版
宋高僧傳	釋慧皎	臺灣印經處民47年版
續高僧傳	釋明河	新文豐景印本民64年版
廣弘明集	釋道宣	四部備要本中華書局民55年版

祖堂集	釋靜筠	廣文書局景印本民68年版

二、

舊唐書	劉昫等	鼎文書局民68年版
新唐書	歐陽修等	鼎文書局民65年版
冊府元龜	王欽若等	文淵閣四庫全書景印本
本事詩	孟棨	文淵閣四庫全書景印本
唐詩紀事	計有功	中華書局民59年版
先秦漢魏晉南北朝詩	逯欽立	木鐸出版社民72年版
全唐詩		上海古籍出版社1986年版
全唐詩索引	史成	上海古籍出版社1990年版
王梵志詩校輯	任半塘	北京中華書局1982年版
王摩詰全集箋注	趙殿成	世界書局民63年版
李太白全集	王琦	河洛出版社民63年版
杜少陵集詳註	仇兆鰲	漢京文化民73年版
白居易集箋校	朱金城	上海古籍出版社1988年版
柳河東集	柳宗元	河洛出版社民63年版
白蓮集	齊己	明文書局民69年版
南雷詩文集	黃宗羲	浙江古籍出版社1985年版

三、

歷代文論選	郭紹虞	木鐸出版社民71年版
歷代詩話	何文煥	漢京出版社民72年版
續歷代詩話	何文煥	藝文印書館民72年版
百種詩話類編	臺靜農	藝文印書館民63年版
清詩話	丁福保	木鐸出版社民77年版

續清詩話	丁福保	木鐸出版社民72年版
風騷旨格	齊己	四部叢刊正編38冊
詩式	皎然	浙江古籍出版社1993年版
詩品	司空圖	仁愛出版社民74年版
滄浪詩話	嚴羽	東昇出版社民69年版
宋詩話輯佚	郭紹虞	北京中華書局1980年版
清詩話訪佚初稿	杜松柏	新文豐出版社民76年版

四、

唐詩史	許總	江蘇教育出版社1994年版
漢唐史論集	傅樂成	聯經出版事業公司民66年版
唐代文學論集	羅聯添	學生書局民78年版
唐音佛教辨思錄	陳允吉	上海古籍出版社1988年版
唐代文人的園林生活	侯迺慧	東大圖書公司民80年版
陳寅恪先生文集	陳寅恪	里仁書局民71年版
唐代文學與佛教	孫昌武	谷風出版社1987年版
唐代士大夫與佛教	郭紹林	河南大學出版社1987年版
中國禪宗與詩歌	周裕鍇	上海人民出版社1992年版
禪宗與中國文學	謝思煒	中國社會科學院1993年版
禪學與唐宋詩學	杜松柏	黎明文化事業公司民65年版
佛教與中國古典文學	陳洪	天津人民出版社1992年版
中國佛教文學	加地哲定	今日中國出版社1990年版
詩與禪	孫昌武	東大圖書公司民83年版
禪宗與中國文化	葛兆光	天宇出版社民77年版
唐代的文學與佛教	平野顯照	業強出版社民76年版
禪宗與中國古代詩歌藝術	李淼	麗文文化出版社民82年版

禪與詩學	張伯偉	浙江人民出版社1992年版
中國詩學之精神	胡曉明	江西人民出版社1993年版
禪意與化境	金丹元	上海文藝出版社1993年版
佛道詩禪	賴永海	中國青年出版社1983年版
禪月詩魂	覃召文	香港三聯書店1994年版
禪與中國	柳田聖山	桂冠圖書公司民81年版
禪史與禪思	楊惠南	東大圖書公司民84年版
中國禪宗史	印順導師	正聞出版社民79年版
中國禪宗史	阿部肇一	東大圖書公司民80年版
禪與道概論	南懷瑾	老古文化事業民57年版
禪的黃金時代	吳經熊	臺灣商務印書館民58年版
禪宗大意	正果禪師	千華出版社民78年版
禪宗思想與歷史	張曼濤主編	大乘文化出版社民65年版
禪學論文集	張曼濤主編	大乘文化出版社民65年版
禪宗典籍研究	張曼濤主編	大乘文化出版社民66年版
禪學隨筆	鈴木大拙	志文出版社民68年版
禪佛教入門	鈴木大拙	協志工業叢書民59年版
空之研究	印順導師	正聞出版社民79年版
中國佛學源流略講	呂澂	北京中華書局1979年版
中國佛教總論	呂澂	木鐸出版社民72年版
東山法門之淵源及其影響	釋常證	萬佛寺民81年版
隋唐佛教史稿	湯用彤	北京中華書局1982年版
佛性與般若	牟宗三	學生書局民66年版
中國詩學	吳戰壘	五南圖書公司民82年版
迦陵談詩	葉嘉瑩	三民書局民60年版
文學美綜論	柯慶明	長安出版社民72年版

境界的探求	柯慶明	聯經出版事業公司民66年版
山水田園詩派研究	葛曉音	遼寧大學出版社民82年版
照隅室古典文學論集	郭紹虞	丹青圖書公司民74年版
中國美學的發端	葉朗	金楓出版社民76年版
中國美學的開展	葉朗	金楓出版社民76年版
古典文學論探索	王夢鷗	正中書局民73年版
王維研究	莊申	萬有圖書公司民60年版
王維評傳	劉維崇	正中書局民61年版
詩佛王維研究	楊文雄	文史哲出版社民77年版
王維研究	柳晟俊	黎明文化事業公司民76年版
空靈的腳步	吳道可	楓城出版社民71年版
王維傳	盧渝	山西人民出版社1989年版
王維和孟浩然	王從仁	國文天地民81年版
白居易資料彙編	陳友琴	北京中華書局1962年版
白居易研究	施鳩堂	天華出版社民70年版
白居易研究	楊宗瑩	文津出版社民74年版
白居易評傳	劉維崇	臺灣商務印書館民63年版

五、

唐宋禪宗之地理分佈	李潔華	新亞學報13卷
隋唐佛教宗派研究	顏尚文	師範大學歷史研究所專刊6
禪思想史的大變局	葛兆光	中國文化月刊第7期
佛禪法悟於詩論的影響	杜松柏	中華文化復興月刊23卷12期、13期
唐代意境論研究	黃景進	淡江大學文學與美學第2集
禪宗美學的基本特徵	崔元和	五台山研究1991年2卷

論偈頌對我國詩歌所產生的影響	李立信	中央大學文學與佛學會議論文
唐代文人的維摩信仰	孫昌武	唐研究第1卷
唐詩中的禪趣	杜松柏	國文天地7卷2期
杜甫的佛教思想	王熙元	中國學術年刊第1期
詩佛王維之研究	林桂香	政大中文系72年碩士論文
談詩佛王維	道元	內明196期
王維詩中的佛教思想	盧桂霞	古今談100期
白居易詩與釋道關係之研究	韓庭銀	政大中文系73年碩士論文
白居易研究	俞炳禮	師大國文系77年博士論文
律詩的美典	高友工	中外文學18卷3期

現代佛學叢書

為你介紹佛學常識，探討今日佛學的新意義

臺灣佛教與現代社會　江燦騰 著

作者以深入淺出的筆法，介紹臺灣佛教在現代社會中的變遷與適應，以及各種相關的佛教人物所扮演的角色。全書共分三輯：第一輯是佛教人物與社會變遷；第二輯是佛教信仰與文學創作；第三輯是佛教思想與現代社會生活，讓讀者接觸到當代臺灣佛教富饒的思想內涵，是兼顧知識性和趣味性的最佳佛教讀物。

菩提道上的善女人　釋恆清 著

二千多年來的佛教史中，佛教婦女的努力和成就令人刮目相看，而近年來臺灣佛教蓬勃發展，佛教婦女扮演了舉足輕重的角色，更是有目共睹的事實。本書探究佛教的傑出善女人在男尊女卑的社會意識形態下如何力爭上游，克服百般障礙，發揮慈悲和智慧的特質，最後達到解脫自在。

人間佛教的播種者　釋昭慧 著

本書是被譽為「玄奘以來不作第二人想」的一代高僧印順長老之傳記。長老畢生專力研究佛法，好學深思，睿智過人，發表質精而量多的論文著作，常獨發人之所未議；其思想一以貫之，不外乎是「人間佛教」四字。時至今日，推展「人間佛教」已是佛教界大多數人的共識，長老可謂是踽踽獨行的先知。

現代佛學叢書

為你介紹佛學常識，探討今日佛學的新意義

宋儒與佛教

蔣義斌 著

本書由山林佛教的建立，討論宋儒在山林間講學、建立書院的現象；從佛教與宋儒賦予蓮花、芭蕉的意含，說明宋儒受到佛教影響，而又不同於佛教的複雜情況；並比較佛教的「大雄」、「大丈夫」與二程的「豪雄觀」，展現儒佛理想人格的差異，呈現出宋儒與佛教對話的「錯綜複雜」關係。

唐代詩歌與禪學

蕭麗華 著

本書選取中國文學精華代表的唐詩，配合禪宗發展的歷史，分析詩歌與禪學交互作用下的唐代文學面貌。全書以詩禪交涉為主要路線，以重要禪法及重要詩人如王維、白居易等為觀察重點，並分別突顯唐詩在禪學影響下的多層側影，特別是宴坐文化、維摩信仰、宦隱朝隱觀念及以禪入詩、以詩示禪或以禪喻詩等問題。

禪與美國文學

陳元音 著

美國文學中有禪嗎？美國有禪文學嗎？本書提供了嶄新且有學術根據的答案，所涉獵的作家有愛默生、梭羅、惠特曼、霍桑、梅爾維爾、馬克吐溫、海明威，以及近代禪文學作家如史耐德、與沙林傑等人。採「以觀釋經」觀照實相之法解讀美國文學與禪學之間的因緣，是本書絕無僅有的特色，相當值得一讀。

現代佛學叢書

為你介紹佛學常識，探討今日佛學的新意義

學佛自在

林世敏 著

佛學的卷帙浩繁，理論深奧，初學者常只能徘徊在佛學門外，不能一窺它的富麗。本書從佛學的觀點，活用佛學的內容，試圖提出一條用佛學來做人處世、來品嚐生活、來揭示生命意義的方法。其文筆輕鬆，禪意盎然，深入淺出，最適合一般社會大眾閱讀。

濟公和尚

賴永海 著

濟公的傳奇事跡，早已廣為流傳並為世人所熟知，但以往有關濟公的作品，多側重於描述其「酒中乾坤」、「瘋顛濟眾」的一面，未能揭示出其中所蘊涵的禪學思想。本書不但對濟公富傳奇色彩的一生及其禪學思想，進行了生動的描述和深入的剖析，更揭示了濟公在其「顛僧」背後所蘊涵的深刻禪意。

達摩廓然

郗家駿 著

本書係解析禪宗公案之書，每篇先以白話簡譯逕行導入禪公案的心靈世界，繼而對於公案人物的對話，作前後有序、首尾一貫的解說，更希望能讓讀者全盤了解。解說內容除了釋、儒、道的理念，也引用密宗及武術的概念。所使用的文字有高深的經論，也有俚語、俗語，甚至英語，以求容易了解，為本書最大特色！